妖怪泥棒　唐傘小風の幽霊事件帖

主な登場人物

伸吉《しんきち》　貧乏寺子屋の師匠

小風《こかぜ》　唐傘《からかさ》を片手に、カラスを肩に乗せた娘の幽霊

八咫丸《やたまる》　小風の肩に乗っている小ガラス

しぐれ　伸吉の寺子屋に居ついてしまった九歳児の幽霊

上総介《かずさのすけ》　夜の寺子屋に通ってきている織田信長の幽霊

猫骸骨《ねこがいこつ》　夜の寺子屋に通ってきている猫の妖怪

チビ猫骸骨　猫骸骨の弟分。夜の寺子屋に通ってきている仔猫の妖怪

雪灯音之介《ゆきあかりおとのすけ》　斬鉄剣を操る殺し屋。雪男の幽霊

閻魔《えんま》　小風に想いを寄せる地獄の大王

朔夜《さくや》　閻魔の教育係。鬼娘

卯女《うめ》　伸吉の祖母。故人

目次

序 伸吉、夜回りをするの巻

1

草木も眠る丑三《うしみ》つ時、二十歳《はたち》を一つ二つすぎたばかりの寺子屋の師匠・伸吉《しんきち》は、しんしんと冷え込む冬の本所《ほんじょ》深川の夜道を歩いていた。

世にいう振袖《ふりそで》火事、すなわち明暦《めいれき》の大火を境に町場として拓《ひら》けた本所深川であるが、もともとはただの湿地帯にすぎない。そのため、冬になると、足もとから這《は》い上がって来るような寒さに襲われる。「本所深川の冬は格別に寒い」と言われる所以《ゆえん》である。

「寒いし、怖いねえ」

道すがら、伸吉は同じ言葉ばかりを何度も呟《つぶや》いている。

年端《としは》もいかない寺子屋の子供たちにまで〝こんにゃく師匠〟と後ろ指をさされる臆病者《おくびょうもの》だけあって、伸吉の口から出る言葉はいつだって泣き言が多い。腰抜けを絵に描いたら、こうなりましたという顔をしている。

「早く帰りたいねえ」

伸吉の泣き言は続く。

確かに、店の並ぶ日本橋や浅草と違い、真夜中の本所深川の外れは、ひとけというものがまるでない。

ときどき民家があるものの、油代も満足に払えぬ貧乏人の多く住む町だけあって、さっさと寝てしまったのか、そこらの家から行灯《あんどん》の灯《あか》りが漏れることもなかった。

町外れだけあって、少し歩いた先には寂《さび》れた墓場もある。伸吉が怖がるのも無理はない。

それならば、家にいればいいのであろうが、この日の伸吉の夜回りは町内の勤めであった。

このところ江戸の町では、火事が大流行している。連日のように取り上げられる瓦版《かわらばん》を読むには、火付けが跋扈《ばっこ》しているらしい。そう言われてみれば、火事を知らせる半鐘の音をよく聞く。

とりあえず、今のところは小火《ぼや》で済んでいるが、木と紙でできた家屋が軒を連ねているだけに、いつ何時に大火事が起こるのか分かったものではない。

殊《こと》に、家と家がくっついている町場では、火はどこまでも広がっていく。一枚の振袖についた火が、江戸の町を塵灰《じんかい》と化したこともあるくらいである。

役人が重い腰を上げるのを待っていては焼け鼠《ねずみ》になってしまうとばかりに、町内で寄り合い、とりあえず夜回りすることになったのであった。

その日、暮れ六つの鐘が聞こえるころ、町内の世話役の家で寄り合いが開かれることが決まった。たいていは呑んで騒いでで終わるが、火付け騒動のせいで、真面《まじ》目《め》な話になるようだった。

何事にも、ぐずぐずしている伸吉が世話役の家に着いたときには、仕切り屋の八百屋のおかみを始め、町内の連中は雁首《がんくび》を揃《そろ》えていた。

「伸吉師匠、遅かったじゃないの」

そう言いながらも、八百屋のおかみが火付けの話をしてくれた。

跋扈している火付けは勤勉な性質《たち》らしく、四六時中どこかで火事が起こっており、人の寝起きや仕事の都合を気にしてくれない。働かなければ食えない貧乏人揃いの本所深川では迷惑な話である。

そして当然のごとく、夜回りの当番は押しつけ合いになるのであった。

いつだって面倒事を押しつけられるのは、気の弱い人間と相場が決まっている。これまでの人生を振り返っても、がき大将から捨て犬や捨て猫の世話を命じられたり、やりたくもない夜の寺子屋の師匠をやらされたりと、ろくなことがない。伸吉は嫌な予感に襲われた。できることなら、この場から逃げ出したかった。

案の定、八百屋のおかみが言い出した。

「嫁もいないことだし、遅い時刻の夜回りは、伸吉師匠に任せればいいんじゃないのかねえ」

「そいつはいいや」

「師匠なら安心だな」

誰も彼もが八百屋のおかみの尻馬に乗っていく。伸吉に仕事を押しつける気いっぱいである。とうの伸吉は反対どころか、口を挟む暇もない。

結局、一言も喋《しゃべ》らぬうちに、伸吉は草木も眠る丑三つ時の夜回りを押しつけられたというわけであった。

2

剣呑《けんのん》な時刻に夜回りをすることになった伸吉であったが、たった一人で夜道を歩いているわけではない。

二匹の猫を連れている。

そのうちの一匹は、人語を操るのだ。

「ひどい人たちですにゃ。伸吉師匠には、夜の寺子屋のお仕事がありますにゃ」

「みゃあ」

もう一匹の小さな猫は、しきりにうなずいている。「みゃあ、みゃあ」と言うばかりで、人の言葉を喋れはしないようだが、理解はできるらしい。

外見も白い骨――つまり骸骨《がいこつ》で、誰がどう考えてもただの猫には見えない。化け物の類《たぐい》であることは疑いようもない。

伸吉は本所深川でも指折りの臆病者であるのに、二匹の猫骸骨を連れて平然としている。

しかも、寄り添うように歩きながら、伸吉は二匹の猫骸骨に、

「一緒に来てくれてありがとう、猫骸骨とチビ猫骸骨」

と、礼まで言っている。少なくとも怯《おび》えているようには見えない。

「いつもお勉強を教えてもらってるお礼ですにゃ」

「みゃあ」

猫骸骨とチビ猫骸骨は言葉を返す。

この二匹の猫骸骨は伸吉の教え子である。いくら伸吉でも教え子に怯えはしない。

そもそも、寺子屋にやって来た二匹の猫骸骨に、伸吉の方から頭を下げ、夜回りについて来てもらっているのだ。

最初から化け物相手に寺子屋をやっていたわけではない。本来、伸吉は人の子相手の寺子屋の師匠なのだ。それが、いつの間にか化け物相手の寺子屋までやるはめになっていた。夜回り同様、夜の寺子屋も押しつけられたのであった。

「どうして、あたしはいつも断れないんだろうねえ」

伸吉は自分の気の弱さに嫌気が差す。

「師匠はやさしいですにゃ」

「にゃあ」

二匹の猫骸骨は、いつにも増して、やたらに伸吉にやさしい。猫骸骨たちが、伸吉に気を遣ってくれているのには理由があった。

「小風《こかぜ》師匠はきっと帰って来ますにゃよ」

「みゃあ」

〝唐傘小風〟

何の前触れもなく伸吉の前に現れ、煙のように消えてしまった巫女《みこ》衣装のよく似合う娘の幽霊の名である。

ほんの半月前、唐突に、小風が姿を消してしまった。

本来ならば、小風は幽霊なのだから、消えてくれればありがたいはずなのに、伸吉は浮かない顔つきどころか、泣きべそをかいている。

「みゃあ」

チビ猫骸骨が伸吉の頭を撫《な》でてくれるが、寺子屋の若師匠の気は晴れない。小風

のだ。
大きな声では言えないが、叶《かな》わぬ願いと知りながらも、伸吉は小風に惚《ほ》れていた
の顔が頭から離れないのである。
「伸吉師匠の初恋ですにゃ」
「みゃあ」
初恋ではないような気はするが、小風に恋していたのは事実である。
伸吉は恋の病とやらにかかっていて、落語の『崇徳院《すとくいん》』ではないが、娘の幽霊と
出会って以来、花の蕾《つぼみ》を見ても小風に見える。寺の仏像を見ても小風に見える。何
を見ても小風に見えるのであった。
朝は人の子相手、夜は幽霊や化け物相手と、もともと臑齧《すねかじ》りの怠け者にすぎなか
った伸吉が、寺子屋の師匠として身を粉にして働いているのも、小風にいいところ
を見せたい一心だった。
それなのに、小風は突然消えてしまった。
「ひどいよ」
どんなに涙を零《こぼ》しても文句を言っても、小風は帰って来ない。もう二度と娘の幽

霊には会えないような気がする伸吉だった。

「心配しなくても平気ですにゃ」

「みゃあ」

二匹の猫骸骨が何の根拠もない気休めの言葉を繰り返したとき、はるか先の通りの辺りで、
ぼう――――

――――と、赤い光が見えた。

飴《あめ》売りの老夫婦の家がある辺りである。

「何か光ってますにゃ……」

「みゃあ……」

「何だろうね……」

薄々気づいていながら、伸吉と二匹の猫骸骨は惚《とぼ》けてみせる。

しかし、赤い光はどんどん大きくなっていく。

闇に目を凝らせば、火が小さく燃えている。その光が行灯や提灯《ちょうちん》の類でないことはすぐに分かった。

もはや惚けることはできない。

「火事ですにゃあッ」

「みゃあッ」

二匹の猫骸骨は慌て出した。情けない仲吉の教え子ということもあるが、動物の幽霊だけあって、二匹の猫骸骨は火が怖いらしい。今にも逃げ出しそうである。

二匹の猫骸骨は仲吉の袖を引く。

「仲吉師匠、早く逃げますにゃッ。とんずらですにゃッ」

「みゃあッ」

これでは仲吉たちが火付けのようである。

「逃げちゃあ駄目だよ、二人とも」

火事に怯えながらも、仲吉は二匹の猫骸骨に声をかける。

どこに剣呑な火付けが潜んでいるのか分からないのだ。できることなら、仲吉だって逃げ出したかった。

しかし、夜回りを任されている仲吉が逃げるわけにはいくまい。ましてや、生まれたころから住んでいる本所深川を、火事で塵灰とするわけにはいかない。屁《へ》っ放《ぴ》り腰ながらも仲吉は、火の燃えている方向へ駆け出した。

いい加減な話で、火事を見つけたときどうするかまでは考えていなかった。だが、とりあえず行ってみるしかない。

「どうやって火を消すつもりですかにゃ？」

「みゃ？」

一緒に走りながら二匹の猫骸骨が突っ込む。決して仲吉の前を走らないところを見ると、二匹揃ってやはり火に怯えているらしい。

「にゃあたちも、焼けてしまいますにゃ」

「みゃあ」

二匹の猫骸骨の言葉に仲吉は首をひねる。

「幽霊でも焼けるのかい？」

「当たり前ですにゃ」

「みゃあ」

浄火というくらいだから、この世に未練を残した幽霊も焼かれてしまうのかもしれない。

「こんがり焼けますにゃ」

「みゃあ」

訳の分からぬ話をしているうちに、そろそろ火が燃えている場所に着いてしまう。見たところ、塀の辺りでちろちろと燃えているだけで、たいした火ではないが、放っておけば大火になりかねない。

火消しでも呼びに行こうかと思うが、目の前で火が燃えているのだ。そんな暇はないようにも思える。

「ええと……」

返事に困る伸吉の味方をするように、ぽつりぽつりと冷たい雨が降り出した。

其ノ一　死神男、〝うらめしや〟に現るの巻

1

幸いなことに雨のおかげで火はすぐに消え、とうに逃げてしまったのか、心配した火付けの姿もなかった。

ぐっしょりと濡《ぬ》れ鼠になってしまった伸吉は、

「これじゃあ、風邪を引いちまうよ」

と、くしゃみをしながら、ようやく寺子屋に辿《たど》り着いた。

火に怯えた二匹の猫骸骨は、火消しの役に立たなかったことを気に病んでいるのか、二歩三歩後ろで、しゅんと肩を落としている。

「にゃあは役立たずですにゃ……」

「みゃあ……」

幽霊とはいえ、火を恐れる動物を火付けの見回りに連れて行く方が悪いのだ。これまでの人生の大半を役立たず扱いされてきた伸吉だけに、二匹の猫骸骨のせつない気持ちは痛いほどに分かった。

「気にしちゃ駄目だよ、猫骸骨」

と、慣れない慰めの言葉を口にしかけたとき、

かたりかたり——
——と、物音が聞こえた。

恋に恋する町娘よろしく、今の伸吉には物音までもが小風のものに聞こえる。伸吉の背中の方で、何やら気配がある。

——帰って来てくれたんだ。

伸吉の脳裏に、小風のかわいい顔が思い浮かんだ。

「小風ッ」

仲吉は勢い込んで振り返った。勢いをつけすぎて、その誰かに抱きつくような格好になってしまった。

しかし、そこに立っていたのは美少女幽霊ではなかった。

くっつきそうなほど近くに、骸骨のような男の顔がある。

「ひぃッ」

仲吉は悲鳴を上げ、情けないことに地べたに座り込んでしまった。幽霊には慣れているはずだが、男の骸骨には慣れていない。膝《ひざ》ががくがくと震え、立ち上がることができなくなってしまった。

「あの……」

骸骨のように痩《や》せた男は今にも消え入りそうな声で、仲吉に話しかけた。顔立ちこそ悪くなさそうだが、生きているとは思えないほど青白い顔をしている。細い目には、感情というやつが見当たらない。男の姿が仲吉を迎えに来た死神のように見える。

おそるおそる仲吉は、猫骸骨に聞いてみる。

「この人、本物の死神なのかい？」

「間違いないですにゃ」

「みゃ」

二匹の猫骸骨が返事をする。

小風のいないこの世に未練などないと思ってはいたものの、実際に死神らしき男を見ると怯えてしまう。

「あのですねえ……」

死神男が伸吉に顔を近づけてくる。伸吉のことを取って食いそうな顔をしている。

――死にたくない。

「猫骸骨、助けておくれよ」

伸吉は教え子の背中に隠れようとした。

今までであれば、ぱらりと赤い唐傘が開いて、娘の幽霊・唐傘小風が助けてくれるところだが、もう寺子屋に小風はいない。

猫骸骨とチビ猫骸骨を死神男の方に押し出そうとするが、

「相手が悪いですにゃ」

「みゃあ」

　と、嫌がっている。

「頼むよ」

「無理ですにゃ」

「みゃ」

　二匹揃って、首を振る。

「助けてくれたら、お金をあげるよ」

「いりませんにゃ」

「みゃ」

　死神男を退治するどころか、二匹の猫骸骨は、伸吉の背中に隠れようとする。伸吉を盾にして、自分たちは助かる作戦であろう。

「ひどいよ、猫骸骨」

　伸吉は二匹の猫骸骨を前に突き出そうとする。

「ひどいのは伸吉師匠ですにゃ」

「みゃあ」

と、師弟で騒いでいると、一人と二匹の目の前で、真冬の花びらのように、

ぱらり――

――と、唐傘が開いた。

いつの間にか伸吉のそばに、握り拳《こぶし》ほどのカラスを右肩に乗せた美少女が立っている。

――いや、美少女というより、もう少し幼い。

言ってみれば、〝美幼女〟の幽霊である。

「お店の前でうるさいですわ、伸吉お兄様」

いきなり小娘は伸吉に文句を言う。

「しぐれ、助けておくれよ」

もはや、伸吉には恥も外聞もない。小銭を差し出し、伸吉の腰ほどの背丈しかない九歳児の幽霊に助けを求めている。

――高里屋《たかざとや》しぐれ。

生前は日本橋の商人《あきんど》の娘であった。死んだ後は、仲吉の寺子屋に棲《す》みつき、守銭奴の幽霊をやっている。憧れているのか、ときおり見世物を開き、小風の物真似《ものまね》で銭を稼いでいる。

「だから、助けておくれって」

仲吉はとうとう九歳児に縋《すが》りついた。

「とりあえず、お金はもらいますわ」

ろくに事情も聞かず、しぐれは奪うように仲吉の銭を受け取った。

女子《おなご》は金銀が好きというが、しぐれの守銭奴ぶりは堂に入っている。

江戸中の幽霊が、しぐれを見かけると、財布を隠すくらいである。しぐれと目が合っただけで、一文なしになるという噂もあった。

ちなみに、しぐれが右肩に乗せているのは、小風のカラスで、名を〝八咫丸《やたまる》〟という。小風ときたら、相棒の八咫丸を残して姿を消してしまったのだ。

「それで、どうかしたのかしら？」

面倒くさそうに、しぐれが聞いた。

「大変ですにゃッ、死神ですにゃッ」

「みゃあッ」

二匹の猫骸骨も、しぐれにまとわりつく。しぐれは本所深川の幽霊の中で、最も図太い神経の持ち主と噂されているだけに、どことなく頼もしい。

「死神ですって？」

わあわあと騒ぎ立てられ、しぐれはようやく目の前の死神男に気づいたらしい。幼女らしくない冷静な声で、独り言のように言う。

「本物の死神かしら？」

「カァー？」

しぐれと八咫丸が揃って首を傾《かし》げている。

「え？　死神じゃないのかい？」

伸吉は聞く。

すると、しぐれは死神男を、まじまじと見ながら言う。

「死神のおじ様にしては迫力がないですわ」

言われてみれば、その通りである。

目の前の死神男は、誰かを人死にに誘うというよりは、本人自身が今にも死にそうである。少なくとも、神の類には見えない。言ってしまえばただの野暮な痩せた男である。

「死神のおじ様ではありませんわ」

「カァー」

しぐれと八咫丸が断定した。

しぐれの言葉を耳にして、とたんに二匹の猫骸骨が元気になる。

「偽物ですかにゃ」

「みゃあ」

二匹揃って、どこから持って来たのか定かでない粋な銀煙管《ぎんキセル》をくわえると、よたよたと破落戸《ごろつき》のように死神男に歩み寄っていく。

「あんた、とんでもないことをしてくれましたにゃね」

「みゃあ」

とんでもないも何も、伸吉と二匹の猫骸骨が勝手に死神と間違えて大騒ぎしただけである。死神男は何もしていない。〝死神〟と名乗ってすらいない。そもそも、

「あの……」としか言っていないのだ。

猫骸骨は絡み続ける。

「にゃあは〝もののけ仕事人〟ですにゃ。必殺ですにゃ。ちゃんとお金を払わないと、ひどいですにゃよ」

「みゃあ」

訳の分からぬことを言い出した二匹の猫骸骨に絡まれながら、困り顔で、死神男は同じ台詞《せりふ》を繰り返す。

「あの……」

先刻と違って、話しかける相手が、伸吉ではなく、しぐれになっている。死神男の様子を見るに、用がある相手はしぐれらしい。何やら言いたそうな顔で、じっと、しぐれを見ている。

しかし、しぐれは死神男を見ようともしない。時は金なり、さっさとどこぞへ行ってしまおうという風情である。すでに、とことこと歩き始めている。

しぐれの様子を見て、相手にしてもらえぬと思ったのか、死神男は踵《きびす》を返しかけ、ぽつりと呟いた。

「ここは〝うらめしや〟じゃなかったのか」

死神男の袂《たもと》で、銭が、ちゃりんと鳴った。

2

男は死神ではなく、ただのしがない大工であった。聞けば、名を〝吉三郎《きちさぶろう》〟と言うらしい。

〝うらめしや〟の客と分かったとたん、手のひらを返したしぐれによって、仲吉たちは寺子屋の教場に連れ込まれていた。

「最初から、お客様なら、そう言ってくださればよかったのですわ」

銭の音が聞こえるまで、話を聞く素振り一つ見せなかったくせに、しぐれは好き勝手なことを言っている。

「女をさがして欲しいんです」

挨拶もそこそこに、吉三郎は言った。すでに相談を始めているつもりであるようだ。

「女……ですか？」

〝うらめしや〟とは関係ないはずの伸吉が返事をする。伸吉だって出しゃばりたいわけではない。何しろ、しぐれ本人が吉三郎の話をろくに聞いていないのだ。

何をしているのかといえば、

ちゃりん、ちゃりん……――

――と、小銭を数えている。

そして、二匹の猫骸骨を脇に置き、眉間《みけん》に皺《しわ》を寄せながら、吉三郎へ渡すつもりらしい請求書を作っている。どれだけ銭をふんだくれるか、吉三郎の懐《ふところ》具合を推し量っているようである。

「何両にしようかしら」

「たくさんもらっても平気ですにゃ」

「みゃあ」

「そうですわよね」

「あのねえ、しぐれ」

仲吉がたしなめても、暖簾《のれん》に腕押し、糠《ぬか》に釘とばかりに、しぐれは受け流し、請求書作りを中断する素振りも見せずに言うのだ。

「まずはお金の話が先ですわ」

この言葉すら嘘である。先も後もあったものではない。いつだって、しぐれはお金の話しかしないのだ。銭だけ取って、やって来た客を追い返すこともしばしばだった。そして結局、仲吉が話を聞くはめになる。

「〝うらめしや〟へようこそ」

今さらながら、しぐれは商人よろしく、吉三郎に頭を下げた。

ちなみに、〝うらめしや〟とは、簡単にいえば、幽霊相手の何でも屋である。銭になることは何でもやる。

智に働けば角が立つ。情に棹《さお》させば流される。意地を通せば窮屈だ。兎角《とかく》に人の世は住みにくい。

「棲みにくいのは、幽霊の世も同じですわ」

と、しぐれが勝手に始めた商売である。

残念ながら、しぐれの目論見《もくろみ》はずばりと外れ、まるで客は来ず、今のところ、儲《もう》かっているとはいえない。客ではなく、閑古鳥《かんこどり》ばかりが集まって来る始末である。

「商売は難しいですの」

しぐれは眉間に皺を寄せている。

腕のいい何でも屋としてよりも、冷酷無情な守銭奴の幽霊として名が売れてしまったのが原因であろう。本所深川の幽霊たちのしぐれに対する評判は、追い剝《は》ぎや盗人に近い。

しかも不運なことに、半月ほど前に、どこぞの誰かに〝うらめしや〟の看板を盗まれたというのだ。

「看板泥棒ですにゃ」

「みゃ」

〝うらめしや〟の看板が消えたことに気づいたのは、二匹の猫骸骨であった。

「なくなってしまったものは仕方がありませんわ」

当のしぐれはさっぱりしたものである。寺子屋の納屋で拾った看板だけに、たいして執着もないのだろう。

「しばらく、看板のかわりに紙を貼っておきますわ」

お手製らしき紙の看板、つまり貼り紙をしぐれは伸吉に見せた。

――〝うらぬしや〟。

九歳児らしい下手《へた》くそな字の上に、平仮名まで間違えている。

「あのねえ……」

しぐれに文字を教えている師匠として、伸吉はため息をついた。この守銭奴の幽霊ときたら、そろばんは大人よりも達者なくらいのくせに、いつまで経《た》っても字が上手《うま》くならないのだ。

（それにしても――）

伸吉は首を傾げる。小風が姿を消したのも看板が消えたのと同じ頃であった。

再び、伸吉は小風のことを考える。

そもそも、いなくなったということは、小風が成仏したという可能性もある。現世を彷徨《さまよ》うより、成仏した方がめでたいのだから、気を落とす方が間違っているのかもしれない。

しかし――

(成仏ねえ……)

小風を知る伸吉には納得できない。

幽霊というだけあって、小風は遠い昔に死んでいる。そのとき、一緒に死んだ小風の父が三途《さんず》の川で姿を消した。小風は遠くなってしまった父をさがすために、小風は現世を彷徨っているのだ。少なくとも、伸吉はそう聞いている。その父親が見つからないのに、成仏するとは思えない。

他にも、小風が成仏していないと断言できる理由はあった。


「早く言わぬか、面倒くさい」

いつの間にやら、黒い唐の道士服を着た二枚目の狐のような顔をした若い男が現れ、吉三郎を責め立てている。

「閻魔《えんま》、相手はお客様です」

青白い道士服を着た鬼娘が若い男――閻魔をたしなめる。姿を見れば、愛想のないものの、美しい若い娘の青鬼である。

「では、どうすればいいのだ、朔夜《さくや》」

閻魔は鬼娘――朔夜に聞き返した。

（あのねえ……）

仲吉は深いため息をついた。

猫骸骨やら守銭奴の幽霊やらが棲みついている化け物寺子屋であるが、とうとう先月から、地獄の閻魔大王とその腹心までが居候を始めてしまったのだった。閻魔ときたら、何を考えているのか知らぬが、本所深川に棲みついたまま、地獄へ帰ろうとしない。

娘にはとんと好かれたおぼえのない仲吉であるが、なぜか、妖怪や幽霊といった人外の連中はやたらと集まってくる。

「例の件、調べておいたぞ」

ついでのように、閻魔が仲吉に言う。例の件というのは、小風の行方不明のことである。成仏したのなら、地獄の大王である閻魔が知らぬはずはない。

「まだ、小風は三途の川に来ておらぬな」

閻魔は言った。

(まだ現世《こっち》にいるってことだよねえ)

すると、伸吉の前から姿を消した理由が分からない。これが町娘であれば、嫌いな男から逃げ出すのもよくある話だが、小風は妖力の強い幽霊である。逃げなくとも、伸吉ごときは呪《のろ》い殺すなり、どうとでもなろう。

(あたしのことを呪うのも嫌だったのかねえ……)

悩みに悩む伸吉を尻目に、突然、閻魔が不機嫌そうな声を出した。

閻魔は吉三郎を睨《にら》みつける。

「吉三郎とやら、おぬしは何だ?」

朔夜にもたしなめられていたが、客に使う言葉ではない。気の弱い者なら泣き出しそうなほど高圧的な物言いである。言うまでもないことだが、地獄の閻魔なのだ。上から目線で問い詰める姿は堂に入っている。

同病相憐《あわ》れむ。気の弱そうな吉三郎が気の毒になり、思わず伸吉は口を挟んだ。

「だからね、閻魔――」

「お待ちください、伸吉師匠」

と、遮ったのは朔夜だった。

地獄の閻魔大王の教育係を務めるだけに知的で、いつだって、ぴしゃりとした物言いをする。仲吉なんぞより、よっぽど寺子屋の師匠に向いているように思える。閻魔でさえ朔夜には一目も二目も置いている。こんにゃく師匠の仲吉ごときが逆らえる相手ではない。

朔夜は仲吉に言う。

「わたくしも今、気づきました」

「え？」

朔夜が何を言わんとしているのか、鈍い仲吉には分からない。

「吉三郎とやらは幽霊ではない」

憮然《ぶぜん》とした声で閻魔は言った。

「幽霊じゃない？　それじゃあ……？」

仲吉は戸惑うばかりである。

「吉三郎は仲吉師匠と同じ生身の人間だ――朔夜、閻魔帳を持って来い」

閻魔は命じた。

3

世の中に決まり事があるように、死者の支配するあの世にも理《ことわり》というものがある。

仲吉のように、希《まれ》に幽霊の類を見ることのできる人の子もいるが、たいていの人間は、あの世のものを見ることができない。看板こそ出しているものの、人の子が〝うらめしや〟を知るわけはないのである。

それなのに、吉三郎は〝うらめしや〟に依頼に来た。

「ええと……、これはどういうことだい？」

「分かりませんにゃ」

「みゃあ」

仲吉たちは揃って、首を傾げる。

「お金をもらえるのでしたら、どちらでもよくてよ」

しぐれは涼しい顔をしているが、そういう問題ではなかろう。

「海辺大工町の大工、吉三郎。二十二歳。閻魔の言う通り、まだ死んでおりません」

閻魔帳と呼ばれる黒い帳面を見ながら、朔夜が言った。そして、

「ただ、死にかけております。いつ死んでも不思議はありません」

吉三郎本人を目の前にして、はっきりと言う。

「うむ。死に損ないか」

閻魔の言葉も容赦がないが、古今東西、死に損なってあの世とやらを見る者は多い。三途の川を渡りかけて、現世に帰って来るのだ。地獄絵や幽霊の絵が残されているのは、たいてい、死に損なった人間の仕事である。

「死に損ないの吉三郎が、〝うらめしや〟に何の用だ？」

閻魔が仕切っている。

しぐれは吉三郎に目もくれず、「あと一両、上乗せしても大丈夫かしら？」と、請求書作りに余念がない。

「女をさがして欲しいんです」

吉三郎は先刻と同じ言葉を繰り返す。

「高いですわよ」

しぐれが口を挟む。

「金ならいくらでもあります」

吉三郎の言葉に、しぐれが目を輝かせる。

「素敵な言葉ですわ」

すかさず、しぐれは金額を増やし、手裏剣でも飛ばすように請求書を、しゅるりと吉三郎に投げつけた。

請求書は吉三郎の手のひらに、ひらりと舞い降りた。二匹の猫骸骨がその請求書を覗《のぞ》き込む。

「あくどいですにゃ」

「みゃあ」

二匹の猫骸骨が呟いた。

釣られるように、伸吉も請求書を覗いてみる。

「十二両って、しぐれ……」

伸吉は言葉に詰まる。そんな大金を見たことがなかった。

しかし、吉三郎は平然としている。十両といえば、そこらの庶民が一年は暮らしていける大金である。

「なぜ、そんなに銭を持っているのだ？」

閻魔の詰問は続く。

「焼け太りってやつですよ」

どこか自嘲《じちょう》するように、吉三郎は答えた。

火事に遭って、その後の生活が以前よりかえって豊かになることを〝焼け太り〟という。

ここ最近は、江戸の町は火付け騒動が跡を絶たない。当たり前のことであるが、焼けたまま放っておくわけにはいかず、人々は大工を頼み、仕事の増えた大工の懐は温かくなるという寸法である。

「いい話ね」

無駄に感動したしぐれが、手ぬぐいで目の端を押さえている。

「つまり、女房に逃げられたのか？」

閻魔が強引に話をまとめに入る。怠け者の閻魔は話を聞くのが面倒くさくなったのだろう。

「伸吉師匠と同じですにゃ」

「みゃあ」

二匹の猫骸骨が余計なことを言う。

——やっぱり逃げられたのかねえ。

女房でもない小風に逃げられたもないが、仲吉は肩を落とす。閻魔の言葉に反応したのは、仲吉だけではない。

「逃げられたんでしょうか？」

吉三郎が真顔で聞き返す。

「知りませんにゃ」

「みゃあ」

猫の幽霊だけあって、二匹の猫骸骨は気まぐれ、いい加減にできている。自分の口にした言葉だろうと、簡単に否定する。

「そんな……」

吉三郎は泣きべそをかいた。情けないところが、どことなく仲吉に似ている。ますます放っておけない気がする。

「事情は分かりましたわ」

面倒くさくなったのか、請求書を作り終えて暇になったのか、しぐれが仕切り始めた。事情も何も、まださがす女の素性さえ聞いていない。

「あのねえ、しぐれ……」

伸吉は口を挟もうとするが、糠に釘。しぐれの頭には銭のことしかない。

「〝うらめしや〟にお任せくださいませ」

と、顔も知らない女さがしを引き受けてしまったのであった。

人を使えば銭がかかる。

奉公人に払う給料というのは、案外に馬鹿にならないものである。丁稚《でっち》・小僧のころは、無給のことも珍しくないが、その場合だって飯代がかかる。安売りをしすぎて、仕事を引き受ければ引き受けるほど赤字が嵩《かさ》む商店など、津々浦々どこにでもある。

その点、しぐれは恵まれていた。

「手伝いますにゃ」

「みゃあ」

「カァー」

寺子屋には、暇を持て余した幽霊どもが掃いて捨てるほどいる。一銭の給料を払う必要もないし、飯を食わせるのは伸吉である。ちなみに、伸吉は一銭の飯代も受け取っていない。

「しぐれ、予からも依頼がある。銭は払う」

閻魔までが言い出した。

「閻魔お兄様の頼みなら、お引き受けしますわ」

すかさず、しぐれは請求書を渡す。「地獄の沙汰も金次第」の名文句で名を馳せる金持ち閻魔が相手だけに、いきなり引き受けてしまった。もはや依頼の内容を聞くつもりもないらしい。これはこれで潔い。

「朔夜、払ってやれ」

閻魔は請求書を見ようともしない。

「閻魔お兄様、素敵ですわ」

再び、しぐれが感動している。

銭にしか興味のないしぐれの気性を飲み込んでいる閻魔は、聞かれるのを待たず、依頼内容を話し始めた。

「火付けを捕まえて参れ」

何度も繰り返すが、閻魔は筋金入りの怠け者である。閻魔大王としての地獄の仕事も、できればやりたくないと思っている。

「火事は困る。面倒だ」

今回の火付け騒動で、今のところ死人は出ていないが、紙と木でできた江戸の町である。いつ大火になるか分かったものではない。

例えば、明暦三年、西暦でいうところの一六五七年に起こった〝振袖火事〟では、約十万人が死んだと言われている。

「十万人の亡者の相手をする身にもなってみろ」

閻魔は顔をしかめた。考えるまでもなく、閻魔が顔をしかめるのも、もっともな話である。

百叩きなどの地獄の仕置きも大変だが、十万人の亡者の生前の行いを糺《ただ》すことなど、想像しただけで気が遠くなる。

しかし、それならば、火付けさがしに地獄の手下を使えばいいようなものだが、冥界を越えて現世に干渉することは許されていないのだろう。そもそも、残念なことに、怠け者の閻魔は、地獄の鬼たちに人望がないと聞く。閻魔の言うことを聞くのは、朔夜くらいなのかもしれない。

一方のしぐれは顔を輝かせる。

「いい考えがありますわ」

「いい考え……？」

幽霊とは思えぬほどの血色のいいしぐれの顔を見て、伸吉は嫌な予感に襲われる。町内の寄り合いで、八百屋のおかみに夜回りを押しつけられたときも、こんな予感に襲われていた。

悪い予感ほど的中するように世の中はできている。

「伸吉お兄様、火の用心の見回りのついでに、吉三郎お兄様の思い女《びと》と、火付けを捕まえてくださいな」

しぐれは言った。

4

無料《ただ》より高いものはないとは、よく言ったもので、寺子屋の化け物どもは、まるで役に立たなかった。

石を投げれば火事に当たる。殊に、寒い冬の間は、家でも屋台でも火を使うことが多く、火付けを別にしても小火が起こりやすい。

火付けこそ捕まえられないものの、伸吉たちは毎晩のように、本所深川のどこかで小火を見つけていた。

しかし、相も変わらず動物の幽霊たちは火を怖がるのであった。

「火は怖いですにゃッ」

「みゃあッ」

「カァーッ」

ここまでは、伸吉も予想していた。だから、伸吉も人の幽霊を二人ほど連れてきた。しかし、

「掃除のしがいがあるでござる」

潔癖症の雪男の殺し屋・雪灯音之介《ゆきあかりおとのすけ》は、夜回りを放り出し、レレレのレと箒《ほうき》片手に町の掃除を始めてしまった。

「音之介、あのねえ……」

文句を言う暇もなかった。

常々、散らかった町を掃除したいと思っていたらしく、あっという間に伸吉の目の前から音之介は消えてしまった。さらに、

「予が織田信長上総介《かずさのすけ》である」

と、颯爽《さっそう》と登場した〝天下布武《てんかふぶ》〟の上総介は、小火を見たとたん、がらりと顔色を変えた。

「おのれ、日向守《ひゅうがのかみ》め」

上総介は呻《うめ》き声を上げる。

敵は本能寺にあり。

天正十年、西暦でいうと一五八二年、上総介は京都本能寺で日向守こと明智光秀の謀反にあって自殺に追い込まれている。どこまで本当のことなのか分からぬ昔語りによると、上総介は日向守の妹と恋をしており、いろいろな意味で裏切られ、焼き殺されそうになったというのだ。

火を見ると、本能寺の一件が走馬灯のように、上総介の脳裏を駆け巡るらしい。

誰がどう考えても、よい思い出ではない。

「大丈夫かい？」

仲吉は声をかけるが、あまり大丈夫そうではない。

見れば、天上の上総介が青ざめ、しかも脂汗をかいている。

「上総介が成敗してくれるッ」

と、火を見るたびに、刀を振り回すばかりで役に立たない。

結局、仲吉が一人で火を消して回るのだった。

「疲れたねえ……」

仲吉は息を切らしている。

それもそのはずで、火を消すだけでもくたびれるのに、幽霊たちの世話もしなければならないのだ。これまで小風に頼り切りで、言ってみれば世話をしてもらう側だっただけに、仲吉は疲れ果てていた。

しかし、火付けは仲吉の事情など斟酌《しんしゃく》してくれない。休む暇もなく、何町か先に小火らしき炎が見えている。早く消さなければ大火になってしまうが、仲吉はろくに動くことができないほど疲れ切っていた。

「妖《あや》かしに頼んでみるかねえ」

ため息混じりに呟くと、仲吉は懐から一冊の和綴《わと》じの本を取り出した。

〝百鬼夜行の書〟である。

死んでしまった祖母の卯女《うめ》からもらった〝百鬼夜行の書〟には、妖怪の絵が描かれており、それを招喚することができる。仲吉も一度だけ「狐火《きつねび》」という妖怪を呼び出したことがあった。ちなみに、狐火というのは、その名の通り、狐の姿をした火の玉の化け物である。

何事にも適材適所というものがある。火を消すのに、火の妖怪である狐火を招喚しても仕方があるまい。

仲吉は火事を消してくれそうな妖怪を求めて、〝百鬼夜行の書〟の頁《ページ》をぺらぺらとめくった。

しかし、中々、火消し妖怪は見つからない。火事を起こす妖怪ばかりが目につくのだった。

仲吉が〝百鬼夜行の書〟の頁をめくっている間にも、火はじりじりと大きくなり、近くの家屋に燃え移りそうになっている。

「火事ですにゃッ」

「おのれ、日向守、またしても」

「みゃあッ」

「燃えちゃいますにゃッ」

「カァーッ」

動物の幽霊と上総介がいっそう大騒ぎを始める。

「仲吉師匠、早く消してくださいにゃッ」

「みゃあッ」

口々に、仲吉を急《せ》き立てる。

「どうしよう、どうしよう」

焦れば焦るほど、火消し妖怪は見つからない。

さらに、何頁かぺらぺらとめくり、ようやく仲吉は一つの絵に目を止めた。

〝百鬼夜行の書〟の中で、玲瓏《れいろう》たる美女が氷雪を操っている。こんなときではあるが、正直なところ仲吉の好みである。

「雪女、助けておくれ」

仲吉は〝百鬼夜行の書〟に呼びかけたが、

しん――

――と、静まり返ったままである。

「ええと……、あの……」

仲吉は墨汁で描かれた雪女に話しかけるが、〝百鬼夜行の書〟から出てきてくれない。端から見れば、仲吉は絵の中の美女に話しかけているかわいそうな男である。

火は木塀に燃え移り、洒落《しゃれ》にならないほど広がりつつあった。もはや、仲吉一人の力で消せないほどの火勢になっている。

「雪女、お願いだよ」

仲吉は〝百鬼夜行の書〟に縋りつく。

役者顔の二枚目が頼んだのであれば、雪女も出て来てくれるであろうが、相手はこんにゃくの仲吉である。しかも、いっそう情けないことに、惨めに涙ぐんでいる。我ながら、ひどい顔をしていることだろう。

〝百鬼夜行の書〟の中で、雪女がくるりと背を向けてしまった。

「また振られてしまいましたにゃ」

「みゃあ」

火に怯えているくせに、こういうときだけ二匹の猫骸骨はしっかり見ている。

「またって……」

やっぱり小風には振られたのかと、伸吉は涙目になった。その間にも火はどんどん大きくなっていく。

このとき、猫骸骨が、今さらながら、とんでもないことに気づいた。

「あのお家は油問屋ですにゃッ」

「みゃあッ」

日本橋にあってもおかしくないほど立派な店構えの油問屋に向かって、じりじりと火が走っていた。店構えの大きさから想像するに、持ち出すことさえできぬほど多量の油があるに違いない。

火に油を注ぐどころの騒ぎではない。

引火すれば、本所深川一帯が大火になりかねない。近くにいる伸吉などは真っ黒焦げになってしまうだろう。

火を消すこともできないが、さすがの伸吉も逃げるに逃げられない。恐怖のあまり、腰が抜けそうであった。

「燃えますにゃあッ。みんな燃えてしまいますにゃッ」

「みゃあッ」

「予の鉄砲を喰《く》らえッ」

錯乱した上総介が鉄砲を撃ったりしているが、残念ながら鉄砲で火は消えない。ただ危ないだけである。

おろおろと狼狽《うろた》える伸吉たちの耳に、

ちりん――――

――――と、鈴の音が聞こえた。

ちりんを追いかけるように、夜の本所深川に響き渡るほどの朗々たる尺八の音が聞こえて来た。

本所深川の闇の中に、深編み笠の虚無僧《こむそう》が現れた。

「寺子屋の近くをよく歩いている人ですにゃッ」

「みゃあッ」

錯乱しながらも猫骸骨は目聡《めざと》い。

言われてみれば、何度か見た気もするが、仲吉の目には虚無僧など、どれも似たり寄ったりである。

溺《おぼ》れる者は藁《わら》をも摑《つか》む。

仲吉は見るからに怪しげな虚無僧に助けを求めた。

「火がッ」

今にも油問屋の店先へ引火しそうである。

虚無僧は仲吉の持つ〝百鬼夜行の書〟に目を向けると、常磐津《ときわず》の師匠のような渋い声で言った。

「妖かしの力を借りればよかろうが」

〝百鬼夜行の書〟の正体を一目で見抜くあたり、虚無僧も幽霊の類であるらしい。

ますます仲吉は虚無僧にすがりつく。

「雪女が言うことを聞いてくれないんだよッ」

火事に追い詰められた伸吉の言葉は悲鳴に近い。

「未熟な男だ」

虚無僧は分かり切っていることを言うと、「まったく、あの娘の考えていることは分からん」と独り言のように付け加えた。

「娘？　え？」

訳が分からず聞き返す伸吉に返事をすることなく、虚無僧は火の燃えている方へ足を進めた。

手つきも鮮やかに尺八をくるりと回すと、刀のように腰に差した。

「この程度の火が消せぬとはな」

虚無僧は渋い声で言った。

それから、ため息を一つつくと、両手を天に向けて突き出し、水天印を結ぶと、真言を唱え始めた。

オン・バロダヤ・ソワカ

西方から仏が現れた。

右手に宝剣、左手に星雲を持ち、そして髪には竜が巻きついている。この仏の姿には、見おぼえがある。

「水天」

虚無僧が仏の名を呼ぶ。

ちなみに、水天というのは、水神の長として竜族を統括する仏である。

「すまぬが、火を消してくれぬか」

虚無僧の言葉を受けて、髪に巻きついている竜が、油問屋を舐《な》めようとしている火に向かって水を吐く。

七色に輝く虹を描きながら、水は大雨のように火に降り落ちる。

「すごいですにゃ」

「みゃあ……」

「予の部下にならぬか？」

幽霊たちが目を丸くしているうちに、火が消えた。あっという間の出来事であった。

　水天は空高く去り、いつの間にか虚無僧も姿を消していた。

5

　虚無僧に火を消してもらった後も、伸吉は夜の本所深川を歩き続けていた。帰って寝床に入り込みたいところだが、火付けさがしだけが伸吉の仕事ではないのだ。しぐれに色々と仕事を押しつけられている。

　吉三郎の思い女さがしも、銭を受け取るのはしぐれだが、身体《からだ》を動かすのは伸吉の役目である。

「お仕事があるだけましですにゃ」

「みゃあ」

　猫骸骨とチビ猫骸骨が、しみじみとした口調で言う。

　ちなみに、上総介と音之介の姿はなかった。

　上総介は本能寺の変を思い出し、熱を出してしまったので、八咫丸を付き添いに、寺子屋に帰した。音之介は町の掃除に熱が入りすぎ、どこぞへ消えたまま帰って来ない。他人のことは言えないが、役に立たないにもほどがある。

その代わりに、最愛の女が消えて以来、夜もろくに眠れなくなった吉三郎が顔を出した。

今にも倒れそうな吉三郎を見て、伸吉は心配する。

「大丈夫かい？」

「もう眠れないのにも慣れました」

吉三郎は答えた。

「伸吉師匠は小風師匠がいなくなった後も、よく寝てますすにゃ」

「みゃあ」

二匹の猫骸骨が余計なことを言う。

「千代《ちよ》はどこに行ったんでしょうか」

吉三郎が同じ言葉を何度も繰り返している。そのたびに、なぜか伸吉の胸は締めつけられた。

——こんな心持ちにはおぼえがある。

ほんの数年前、祖母の卯女が死んだときもそうだった。

仲吉の祖母は通り魔に殺されたことになっているが、事件のあったときも今も卯女が死んだとは思えずにいる。

(そう言えば似ているねえ……)

気のせいだろうか、仲吉の思い出の中で、小風と卯女は重なり合う。

(同じ人じゃないよね、まさか)

小風は仲吉の生まれるずっと前に死んだことになっているが、それも小風の言葉を信じればの話である。武士に二言はないが、小風は武士ではない。幽霊――それも性悪の幽霊である。

「もしかして、小風に騙《だま》されたのかねえ」

仲吉は不安になる。今まで聞いた小風の話が、何もかも嘘ということもあり得るのだ。

「女の人に騙されるのも、男の甲斐性《かいしょう》ですにゃ」

「みゃ」

二匹の猫骸骨が分かったような、分からないようなことを言っている。

だらだらと歩いているようだが、仲吉たちはちゃんと行く先を決めていた。目指すは吉三郎の家である。しぐれの指示であった。

「犯人は現場に戻ってくるものですわ」

――事件は現場で起こっている。

しぐれは自信たっぷりに言い切ったが、自分は寺子屋から動こうとしない。幽霊とはいえ九歳の女児に顎《あご》で使われる仲吉にも問題はあるが、

「小風お姉様も見つかるかもしれませんわ」

と、自信たっぷりに言われてしまうと、こんにゃく師匠だけに、逆らうことができない。

「家に着きましたよ」

今にも崩れ落ちそうなおんぼろ長屋の前で、吉三郎は足を止めた。壁は崩れかけ、雑草は伸び放題になっている。いかにも貧乏人の住んでいそうな長屋である。

「遠慮なくお入りください」

吉三郎は言うが、どこに遠慮をすればいいのかさえ分からない。新しい着物では近づきたくもないところである。

中に入っても、やはりみすぼらしい。独り身の男の情けなさが、しみじみと滲《にじ》み出ている。

「汚い長屋ですにゃ」

「みゃあ」

化け物までが目を丸くしている。潔癖な音之介がいたら、大騒ぎをしていただろう。

「この長屋で千代と暮らしていたんです」

愛《いと》しい女との日々を思い出したのか、吉三郎は涙ぐんでいる。こんな汚い長屋に足を踏み入れる千代という女の心持ちも、伸吉には分からない。

それ以前に、金があるはずなのに、うらぶれた長屋に吉三郎が住んでいる理由が分からなかった。さっさと引っ越せばいいのに。

伸吉の疑問に対する吉三郎の答えは、至って明快だった。

「金が入るようになったのは、最近の話なんです」

大工としての腕こそ悪くないものの、気の小ささが災いして、火付け騒動が起こるまで、ろくに仕事がなかったという。

「冴えない人生でした」

吉三郎はこれまで歩んで来たおのれの人生を、ぽつりぽつりと語り始めた。

6

大工にかぎらず、職人には親方という面倒を見てくれる存在がいる。

腕のある大工は、年季を積んで親方になると世間では思われているが、実は必ずしも誰もが親方に憧れるわけではない。親方になれば、職人の世話もしなければならないし、仕事だって自分で取って来なければならない。

殊に吉三郎のような気の弱い男は、人の上に立つと考えただけで病気になるのだった。仲吉にもその気持ちはよく分かる。

「ずっと下働きでよかったんです」

力なく吉三郎は言った。

親方となって独り立ちしなければ大きく稼ぐことなどできないが、それでも食うに困らぬだけの給料はもらえる。吉三郎のような性分の男は大金を稼ぐより、気苦労のない生活に憧れるのかもしれない。今さらであるが、喋り方を一つ取っても吉三郎は大工とは思えない。

しかし、世の中の常で、吉三郎のささやかな望みは叶わなかった。

ある日、吉三郎の親方が卒中で倒れたのだ。命に別状はなかったが、大工としての現場仕事は無理である。親方は隠居することになった。

跡を継いだのは、親方のせがれだった。

親方は腕のいい吉三郎のことを我が子同然にかわいがってくれていた。

「せがれも吉三郎《おめえ》くれえ腕があればな」

親方は口癖のように言っていた。

大工仕事の他は何も知らぬ親方だけに、せがれの気持ちなど考えもしなかったのだろう。

——あちらを立てれば、こちらが立たず。

親方のせがれにしてみれば、父にかわいがられている赤の他人の吉三郎が、鬱陶《うっとう》しくて仕方がなかったのだろう。

表立って苛《いじ》めるようなことはしなかったが、話しかけることもせず、吉三郎は仕事場で孤立した。人付き合いが苦手な吉三郎は気にもしなかったが、そのうち現場にも呼ばれなくなった。

親方が倒れた半月後には、吉三郎は職を追われた。

「お仕事がないのは大変ですにゃ」

「みゃ」

働くことが大好きな二匹の猫骸骨が吉三郎に同情している。

小さくうなずくと、吉三郎は話を続ける。

「それでも追い出されるとき、いくらかのお金はもらいました」

「それならいいですにゃ」

「みゃ」

二匹の猫骸骨が、いきなり手のひらを返す。正直なところ、見知らぬ大工などどうでもいいのだろう。

「少しもよくありません」

吉三郎は重苦しいため息をつく。

「金なんて、すぐになくなります」

贅沢な町である江戸では、銭さえあれば欲しいものは何でも手に入る。身分が低かろうが、金持ちはよい暮らしができる。

裏を返せば、何をするにも銭が必要だった。食い物も水さえも買わなければ手に入らないのだ。つまり、ただ息をして生きているだけで、金がかかる。少々の銭で、ずっと暮らして行けるほど江戸の町は甘くない。

「あっという間に一文なしになりました」

淡々とした口振りで吉三郎は言った。

一人前の職人になるために幼いころから一心に修業をしてきたが、裏を返せば他には、何もできないわけである。

人付き合いが苦手な吉三郎は、新しい親方を見つける勇気もなく、長屋に大工の看板を掲げ、雨漏りや塀を直しながら、細々と生活しようとした。自分一人の暮らしであれば、どうにかなると思ったのである。

しかし、吉三郎の目論見は見事に外れる。どんなに待とうと、吉三郎のところには、一人の客もやって来なかった。

「死のうと思いました」

他人事《ひとごと》のように吉三郎は言う。大川に身を投げて死んでしまおうと、近くまで行ったこともあったという。

「なかなか、死ねないものなんです」

吉三郎の声は乾いている。

「それはそうですにゃ。死んでもいいことなんてありませんにゃ」

「みゃ」

幽霊だけに、二匹の猫骸骨の言葉には重みがある。

「生きていても似たようなものでしたよ」

思い出したように、吉三郎は言った。

世知辛《せちがら》い世の中で、銭を稼げない男に居場所はない。

家族も職もなく、蜘蛛《くも》の巣だらけの天井を見ていると、どうしてこうなってしまったのかと涙が流れた。

食うに困って、「何でもやります」と口入れ屋を頼ってみたが、吉三郎にできる仕事は一つもなかった。吉三郎のできる仕事など、誰にでもできるものなのだ。そんな仕事に、わざわざ銭を払う人間などいない。

——自分はこの世にいてはいけない人間なんだ。

二十二年も生きて来たというのに、誰一人として吉三郎のことなんぞ、必要としていない。吉三郎が死んでも、気にする者すらいないだろう。

＊

気づいたときには、またしても夜の大川に立っていた。

まったく記憶にないが、懐にはずっしりと重い石が入っている。身投げする準備は整っている。

南無三と信じてもいない仏に手を合わせ、辛《つら》い浮世におさらばしようと、大川に飛び込みかけたとき、騒ぎ声が聞こえた。

「おとなしくしねえか」

品のない声がした方に目を移せば、大川の土手で、浪人たちが若い娘を斬《き》ろうとしている。放っておくこともできず、吉三郎は大声を上げた。

「人殺しだッ」

浪人たちは逃げて行く。

これが吉三郎と千代の出会いであった。

江戸の町、殊に本所深川では祝言も挙げずに、一緒に暮らしている夫婦は多い。吉三郎自身もどうしてこうなったのか分からぬうちに、千代と一緒に暮らすことになった。聞けば、千代も吉三郎と同様、天涯孤独の身の上だという。吉三郎と同じく寂しい暮らしを送っていたらしい。

ただ、一緒に暮らすと言っても、「祝言を挙げるまでは、夫婦にはならねえ」と、男の意地とやらを貫き通し、吉三郎は千代と床をともにしなかった。これまで独りぼっちで生きて来た吉三郎にとって、千代は初めて本気で好きになった女であった。長屋の連中も、そんな吉三郎の意を汲《く》んでか、千代と暮らし始めたことに、見て見ぬ振りをしてくれた。

これが絵草紙や芝居であれば、千代と暮らし始めてから豊かになっていくものだが、現実とやらは無粋にできている。しかも、貧乏というやつは、恋の病以上に、お医者さまでも草津の湯でも治せない病気である。

仕事は来ず、千代という養うべき口が増えた分だけ、いっそう吉三郎は貧しくなっていた。吉三郎一人であれば空腹も貧しさも我慢できるが、千代を幸せにできないという思いに苛《さいな》まれた。

「あたしは駄目な男なんです」

吉三郎は独り言のように呟いた。

千代と二人、あの世とやらで暮らそうかと思い詰めたある日、夜の本所深川の町に半鐘の音が、

カンッ、カンッ――

――と、鳴り響いた。


この日から、火付け騒動が始まったのであった。

他人の不幸は蜜《みつ》の味。誰かが不幸になった結果、幸福が舞い込むことはよくある話である。

明暦の大火のような大火事で町全体が燃えてしまえば、吉三郎のような半端大工の出番はないが、今のところ、火付け騒動の被害は小火ばかり。割れ鍋《なべ》に綴じ蓋《ぶた》。

半端仕事に半端大工。吉三郎の仕事は増え、懐は温かくなった。

そして、その銭で祝言を挙げて、これから本当の夫婦になろうと思っていた矢先、千代が姿を消したのだった。

7

「謎は解けましたにゃ」

「みゃ」

二匹の猫骸骨が自信たっぷりに言い放つ。吉三郎の話を聞いただけで、事件を解決したつもりらしい。

「何が分かったんだい？」

何一つ、ぴんと来ていない伸吉は猫骸骨に聞いてみた。寺子屋の師匠のくせに、伸吉は自分で考えることをしない。小風たちが寺子屋にやって来て以来、何につけても頼るくせがついている。

二匹の猫骸骨は謎解きを始める。

「火付けの下手人《げしゅにん》は千代ですにゃ」

「みゃ」

「どうして、千代が……」

吉三郎が困った顔を見せる。

「お金が欲しくてやったに決まってますにゃ」

「みゃ」

猫骸骨の言葉を聞いて、伸吉は膝を打つ。鈍い伸吉でも、猫骸骨の言いたいことは理解できた。

太古の昔から、人が罪を犯すのは欲のためと相場が決まっている。殊に、金目当てに罪を犯す者は跡を絶たない。今回の一件で、銭が儲かった者の顔が伸吉の脳裏に思い浮かんだ。

猫骸骨は言葉を続ける。

「火付け騒動で一番儲かったのは吉三郎と千代ですにゃ」

「みゃ」

二匹の猫骸骨は胸を張り、伸吉はすっかり納得していたが、吉三郎は眉間に深い皺を寄せている。

「それはおかしいですよ」

吉三郎は言った。

「おかしいですかにゃ？」

「みゃ？」

二匹の猫骸骨が揃って首を傾げる。気づかないうちに、伸吉の首も傾いていた。何がおかしいのか分からない。

吉三郎は言う。

「確かに、あたしも儲かりましたが、一番ってことはありません」

吉三郎の言う通りである。

職人の町である江戸には大工も多い。

噂に耳を傾けただけでも、今回の火付け騒動をきっかけに、日本橋の大店《おおだな》のいくつかが火事に備えて蔵を造り直し、請け負った大工は大金持ちになったという。それに比べれば、吉三郎の手にした金など雀の涙だろう。儲かった者が犯人ならば、真っ先に吉三郎の名が上がるのはおかしい。

「それに――」

　と、吉三郎は話を続ける。

「夜の町を若い娘がうろうろしていたら、それこそ目立ちますよ」

　明暦四年以後、町には木戸番が置かれている。若い娘でなくとも、ふらふらと歩き回ることなどできやしない。

「間違えたみたいですにゃ」

「みゃ」

　二匹の猫骸骨は、あっさりと前言を撤回する。思いついたことを言ってみたかっただけなのだろう。

　火付けも気になるところだが、今は千代をさがすときである。

「千代はどこに行ったんだろうねえ」

　そう呟く伸吉の脳裏には、小風の姿があった。

其ノ二　二匹のチビ妖怪、盗まれるの巻

1

「こいつは洒落にならねえぜ」

傘屋の隠居である傘平《かさへい》が顔をしかめている。

再び、寄り合いの場面である。暮れ六つの鐘の音を合図に、町内の面々が近所の飯屋に集まっていた。

寄り合い場所をぐるりと見回しても、火付け騒動のときよりも、町人たちはいっそう深刻そうな顔をしている。

「火付けだけでも迷惑だって言うのによ。今度は幼子《おさなご》泥棒かよ」

傘平の言葉は渋い。

子や孫を持つ大人にしてみれば一大事であるが、子のない伸吉にとっても他人事ではない。

——このままじゃ、寺子屋が潰《つぶ》れちまうよ。

伸吉は言葉には出さずに嘆く。

幼子泥棒に怯え、親が我が子を家の外に出さないのだ。目の届かないところに子を置くことが心配なのか、寺子屋を止《や》めてしまう手習い子も出始めている。ただでさえ少ない伸吉の稼ぎがどんどん減っていく。

伸吉だって子供は心配だが、正直なところ、自分の暮らしも大切である。伸吉は寄り合いに口を挟んだ。

「誰に、さらわれるんですか？」

「そいつが分からねえ」

傘平は憮然とする。

地縁血縁というけれど、町人同士は家族のようなものである。

親が近くにいなくとも、子供の動向は町の誰もが気にかける。見知らぬ余所者《よそもの》がいれば、やたらと目立つ。

殊に、幼子泥棒の噂がちらほらと出始めたころから、町人たちは用心に用心を重ねているのだ。そう次々と子供をさらえるものではない。

しかし、現実には、一人また一人と子供たちがさらわれていく。

「筆屋のせがれは、家の中にいたところをさらわれたらしいぜ」

傘平は言った。

聞けば、筆屋では、幼子泥棒に怯え、半ば家に閉じ込めるようにしていた子供がさらわれてしまったというのだ。

神隠しや子供の家出でない証拠に、家に誰かが忍び込んだ形跡があった。

筆屋の奉公人を含め、誰ひとりとして犯人に気づくどころか、気配を感じた者もいないらしい。

「まるで幽霊にさらわれたみてえな事件だぜ」

傘平は独り言のように呟いた。

――幽霊？

仲吉の脳裏に、巫女衣装の娘の幽霊の姿が思い浮かんだ。

〝唐傘小風〟

思い起こせば、火付けだの幼子泥棒だのという事件が起こり始めたのは小風が伸吉の前から姿を消してからのことだ。

——幽霊なんて、人を呪うためにいるようなものだ。

いつか聞いた小風の台詞が、伸吉の頭の中を、ぐるりぐるりと駆け巡る。

地獄を招喚できる唐傘を持つ小風であれば、町中に火をつけて回ることも、さらには、家から一歩も出ない子供をさらうことも、朝飯前であろう。

考え始めると、何もかもの辻褄《つじつま》が合って来るように思える。

それなりに仲よく寺子屋で接しているつもりでも、しょせんは人と幽霊のことで、本当の仲間にはなれぬのかもしれない。

胃の腑《ふ》あたりがずっしりと重くなり、伸吉はそっとため息をついた。

2

寄り合いから帰った夜のことである。

化け物相手の夜の寺子屋の時刻まで寛《くつろ》ごうと、伸吉がぼんやりしていると猫骸骨が教場に駆け込んで来た。

「大変ですにゃ。困りましたにゃ」

猫骸骨が騒いでいる。

「うるさいですわ。騒いでも一銭にもなりませんわよ」

例によって、一枚、二枚、三枚……と小銭を数えていたしぐれが、銭を数える邪魔だと言わんばかりに猫骸骨を叱りつける。

このところ、しぐれの忠実な僕《しもべ》のようになっている猫骸骨であるが、今日にかぎっては言うことを聞かない。

「呑気《のんき》に小銭なんか数えている場合じゃありませんにゃッ」

やさしい猫骸骨が、血相を変えている。

「どうしたんだい、猫骸骨?」

聞く耳を持たないしぐれの代わりに、伸吉が口を挟んだ。

猫骸骨は伸吉に縋りつくように言う。

「チビ猫骸骨と八咫丸が盗まれましたにゃッ」

「ええッ？」

仲吉は目を丸くする。

言われてみれば、二匹の姿が見当たらない。巷《ちまた》での幼子泥棒の魔手が妖怪にまで及んだのだろうか。

チビ猫骸骨と八咫丸を盗んでも何の得にもならないと思うが、とにかく、紛《まご》うことのない大事件である。火付け騒動に千代さがし、それに幼子さがしと、ただでさえ手が足りないというのに、仲吉は頭を抱えた。

「チビ猫骸骨と八咫丸をさがしてくださいにゃ」

「そう言われてもねえ……」

仲吉には、とんと自信がない。

「お願いしますにゃ」

猫骸骨にとって、盗まれた二匹は大切な仲間なのだろう。今にも泣き出さんばかりの顔をしている。

すると、猫骸骨の目の前で、銭柄の小さな唐傘が、ぱらり――

――と、開いた。

ぱらりを追いかけるように、ちゃりん、ちゃりんと小銭の音が聞こえる。銭柄の唐傘の持ち主は、先刻まで興味なさそうにしていたしぐれである。

ぱらりんと唐傘を閉じると、しぐれは猫骸骨に宣言した。

「そのお仕事、〝うらめしや〟が引き受けますわ」

しぐれときたら、仲間が消えた事件を銭にしようというのだ。いくら幽霊のやることでも、あまりに情のない仕打ちである。

伸吉は寺子屋の師匠として、守銭奴の幽霊に言ってやる。

「仲間からお金を取《と》っちゃ駄目だよ、しぐれ」

「盗《と》ってませんわ」

しぐれは即座に返す。

「あのねえ……」

ため息をつきながらも、しぐれに人の道を説こうとしたが、仲吉の言葉を遮るように、猫骸骨が口を挟んだ。

「チビ猫骸骨と八咫丸をさがしてくださいにゃ」

——溺れる者は藁をも摑む。

銭を取るだけで、ろくに仕事をしないと評判の〝うらめしや〟しぐれを猫骸骨は頼るつもりらしい。

仲吉は止めようとするが、猫骸骨は聞く耳を持たない。しぐれに土下座せんばかりである。

「あんた、お金あるの？」

例によって、しぐれの問いは単刀直入である。

「ちゃんと貯めてありますにゃ」

どこでどうやって稼いだのか知らぬが、真面目な猫骸骨だけあって、万一のための蓄えはあるようだ。

「お金があるのなら、このお仕事、〝うらめしや〟が引き受けますわ」

しぐれは商談成立とばかりに、

ぱらりん――

――と、唐傘を閉じた。

しぐれは猫骸骨に言う。

「〝うらめしや〟の一員として、今回の事件は猫骸骨にがんばってもらわないといけないわね」

どこをどう聞いても、話がおかしいのだが、猫骸骨はしぐれに銭を渡し、真面目な顔で言うのだった。

「がんばりますにゃ」

3

しぐれは銭勘定にしか興味がないが、実のところ、〝うらめしや〟の面々は至って優秀である。

何しろ、なし崩しの無給ではあったが、上総介こと織田信長に加え、地獄の閻魔大王までが、しぐれに使われている。顎で織田信長や閻魔大王をこき使う九歳児など、どこにもいない。

この夜、しぐれは顎で使っている幽霊や化け物連中を仲吉の寺子屋に集め、一連の事件の報告を聞いていた。なぜか、しぐれの片手には鞭《むち》が握られている。

「では聞かせてもらおうかしら」

しぐれの言葉に、最初に口を開いたのは猫骸骨である。

「ちゃんと調べて来ましたにゃ」

ちなみに、しぐれの命を受けて猫骸骨が調べているのは、吉三郎の恋女房・千代の行方不明事件である。

「どうやって調べたの？」

しぐれは猫骸骨に聞いた。この守銭奴の幽霊ときたら、自分では何もしないのに、うるさく詮索したがる性分らしい。

「にゃあは吉三郎の近所の猫たちに、話を聞いてきましたにゃ」

「まあ」

猫骸骨の言葉に、しぐれが感心している。

確かに、神出鬼没の猫たちなら、人の見落とした手がかりを知っている可能性もありそうである。

「さすが猫骸骨殿でござるな」

潔癖症で真っ白いものが何よりも好きな音之介が、ここぞとばかりに猫骸骨を褒め称《たた》える。

「恥ずかしいですにゃ」

猫骸骨は照れながらも、報告を続ける。

「千代なんて女の人はいませんでしたにゃ」

「ええっ？」

意外な報告である。伸吉は目を丸くする。

「やっぱり、わたくしの睨んだ通りですわ。これで事件解決ですわね」

面倒くさいのだろう。詳しく猫骸骨の話を聞こうともせず、しぐれは一件落着にしようとする。

しかし、猫骸骨の話には続きがあった。

「そのかわり、吉三郎は三毛猫を飼っていましたにゃ」

「まさか……」

「それも雌猫ですにゃ」

「え……」

思いがけぬ話の成り行きに、ぽかんと口を開ける伸吉を見て、猫骸骨がしたり顔でうなずく。

「その三毛猫の名前が千代ですにゃ」

一瞬、寺子屋が水を打ったように静まり返った。猫骸骨の話を信じるならば、吉三郎は三毛猫が自分の女房と言い張っていたのだ。事情は分からないが、本気だとしたら、二十をすぎた男としては悲しい。

「かわいそうだねえ」

伸吉は言ったが、誰一人猫一匹としてうなずいてくれない。

しばらくの沈黙の後、しぐれが伸吉を見ながら意味ありげに言った。

「モテない男って、本当にかわいそうですわ」

小風に逃げられ、言い返すことができない伸吉を尻目に、猫骸骨が報告を締めた。

「家出した三毛猫を見つければ、このお仕事は終わりですにゃ」

4

次に事件の報告を始めたのは閻魔だった。

地獄の亡者や鬼どもを手下に持つ閻魔は、幼子泥棒とチビ猫骸骨・八咫丸の行方不明事件を調べているという。

閻魔は腹心である青鬼の娘・朔夜を脇に従えている。実際に調べ上げたのは、閻魔ではなく朔夜であろう。

「面倒くさいから、先に犯人を言うぞ」

地獄の閻魔だけあって、すでに犯人が分かっているようだ。さすがに頼もしい。

「早くしてくださいな」

自分で始めたことに飽きてしまったのか、欠伸《あくび》を嚙《か》み殺しながら、しぐれが閻魔の話を促す。

「犯人は幽霊の殺し屋、雪灯音之介だ」

閻魔は決めつけた。

「やっぱり。わたくしの睨んだ通りですわ」

しぐれは先刻と同じ台詞を繰り返す。ろくに閻魔の話を聞いていないのが丸わかりである。

しかし、犯人と名指しされた方はたまったものじゃない。

「拙者《せっしゃ》が犯人でござるか？」

音之介が目を丸くする。

「さっさと白状なさいな、音之介お兄様。お上にも慈悲はあってよ」

いつの間にか、鞭を片手に、しぐれは音之介を責め立てる。お上に慈悲はあるかもしれないが、しぐれにはやさしさの欠片《かけら》もなさそうである。

今にも拷問を始めそうなしぐれを見て、再び、仲吉は二人の間に割って入った。仲吉はしぐれに言う。

「証拠もなく、他人《ひと》を犯人扱いしちゃ駄目だよ」

放っておいたら、犯人は音之介ということで、事件に幕を引きかねない。

「証拠？　証拠ならございますわ」

しぐれは自信たっぷりに言った。

「どんな証拠でござるか？」

身におぼえがないのだろう。犯人扱いされた音之介は怪訝《けげん》な顔で、守銭奴の小娘幽霊に聞いている。

「閻魔お兄様、証拠を聞かせてあげてくださいな」

しぐれは地獄の大王に話を振った。

「朔夜、任せた。話してやれ」

閻魔は閻魔で、手下に命じる。どことなく、しぐれと閻魔は似ている。

ため息をつきながら、朔夜が口を開いた。

「幽霊の殺し屋こと雪灯音之介を、今回の事件の犯人と特定した理由は二つあります」

閻魔の教育係だけあって、話し方もしっかりしている。

瑠璃《るり》も玻璃《はり》も照らせば光る。まだ理由とやらも聞いていないのに、音之介が犯人のように思えてきた。

猫骸骨に至っては、音之介をチビ猫骸骨・八咫丸泥棒の犯人と決めつけ、今にも飛びかからんばかりの顔で睨みつけている。

「あんた、ひどいことをしますにゃね」

「拙者ではござらん」

音之介は朔夜に向き直った。

「理由とやらを教えて欲しいでござる」

「往生際が悪いですわ」

しぐれは面倒くさそうな顔を隠そうともしない。

「往生際も何も、拙者は何もやってござらぬ」

必死に食い下がる音之介相手に、しぐれは言い放つ。

「もう、音之介《あんた》が犯人でいいですわ」

しかし、地獄の裁きは公平でなければならないものと相場が決まっている。証拠を突きつけて、亡者の反省を促すのが地獄の作法である。閻魔が仕方なさそうに言う。

「聞かせてやれ、朔夜」

こくりとうなずき、朔夜は続ける。

「まず、雪灯音之介はすぐに散らかすという理由で、子供や動物を嫌っておりました」

潔癖症だけに、この点は朔夜の言う通りである。

特に姿が黒い八咫丸は、音之介に嫌われていた。確かに、動機とやらはある。

「それはでござるな」

と、音之介は反論しかけたが、朔夜は発言を許さない。

「まだ話は終わっておりません」

丁寧な口振りではあったが、ぴしゃりと言った。怠け者の閻魔のかわりに、亡者たちの生前の罪を裁くこともあるだけに、朔夜が音之介を裁く姿は堂に入っている。

朔夜は糾弾を続ける。

「もう一つは斬鉄剣です」

斬鉄剣というのは、〝この世に斬れぬものはない〟と言われている音之介の愛刀の名である。今もしっかり腰に差されている。

「斬鉄剣がどうかしたのでござるか？」

音之介が聞き返す。

「それが動かぬ証拠ですね」

感情のない声で、朔夜は言った。

幼子泥棒の事件が巷を騒がせてからというもの、厳重に戸締まりする家が増え、金のある家では蔵を子供の部屋に当てることもあるという。

「頑丈な錠前がかかっています」

座敷牢でもあるまいし、ちとやりすぎの気もするが、子は宝、親たちの子を思う気持ちの表れなのだろう。

「その頑丈な錠前が壊されておりました」

「まさか……」

仲吉は目を丸くする。

世の中に錠前破りがいないわけではないが、子供をさらうために頑丈な錠前まで破るという話は聞いたことがない。しかも、

「蔵の中には金目の物もあったというのに、手を触れた形跡《あと》もありません」

朔夜は言った。

聞けば聞くほど訳の分からぬ事件である。

頑丈な錠前まで破っておいて、蔵の中の金目の物には手をつけず、子供だけをさらっていくなどという話は聞いたことがない。

「身代金の請求はあったの？」

仲吉は朔夜に聞いた。

――それならば、納得できぬこともない。

しかし、朔夜は首を振る。

「何の連絡もありません」

「もったいない話ですわ」

しぐれが独り言のように呟いたが、仲吉は聞かなかったことにした。閻魔がしぐれの言葉を何やら帳面に書きつけている。成仏した暁には、しぐれは地獄へ行くことになるのかもしれない。

間の悪い沈黙の後、音之介が口を挟む。

「不思議な話でござるが、それがしと何か関係があるのでござるか？」

朔夜はうなずいた。

「錠前が刀で斬られておりました」

万事に鈍い伸吉でも、朔夜が何を言わんとしているのか想像できた。

案の定の台詞を朔夜は言う。

「その斬り口は斬鉄剣のものでした」

一同は静まり返り、視線が音之介に集まる。判決を下すように、しぐれの鞭が、ぴしりと無情に鳴り響いた。

「そ、それがしではござらん」

音之介は必死の面持《おもも》ちで否定した。

すると、寺子屋の建物の中にいるというのに、どこからともなく、

ひゅうどろどろ――

――と、生暖かい風が吹いた。


白い煙が立ち込め、あっという間に一寸先も見えなくなった。慣れたもので、ひゅうどろどろごときでは臆病な伸吉でさえも怯えなくなっている。

やがて、生暖かい風に吹き飛ばされたかのように、白煙が晴れていく。

見おぼえのない黒い鎧《よろい》武者が直立不動の姿勢で、旗を掲げている。白地の旗に、鮮やかな紅色で文字が書かれている。

〝天下布武〟

ビロードのマントをひらりとはためかせ、色白のすらりとした男が姿を見せた。見飽きるほどに見ているお馴染《なじ》みの男である。

猫骸骨、閻魔に続き寺子屋に現れたのは、第六天魔・織田信長上総介であった。

「上総介おじさまッ」

しぐれが織田信長の幽霊こと上総介に飛びつく。その姿は金持ちの叔父に会った万年金欠の姪《めい》のようである。

――姪なら、まだいい。

大声では言えないが、本所深川の幽霊たちの間では「しぐれの一の子分」という噂も立っている。

しぐれは言う。

「上総介おじさまが、火付けの謎解きをしてくださいますわ」

豊臣秀吉、徳川家康とともに〝三英傑〟と呼ばれている上総介である。しぐれが事件解決を期待するのも当然の話であろう。

しかし、上総介の顔色はすぐれない。

千両役者裸足《はだし》の、颯爽とした登場とは裏腹に、今日の上総介はやたらとしょぼくれた顔をしている。

「それがのう……」

上総介はぼそぼそと言い訳を始めた。

本能寺の変以来、上総介は火を見るだけで平常心を失ってしまう。

だが、天下の上総介には手足となって働いてくれる家来が何万人もいる。火付けごとき、上総介軍団の敵ではないはずである。

しぐれは話の先を促す。

「もしかして、もう火付けを殺してしまったのかしら？」

規律を守らぬ家来を嫌い、何人も成敗している上総介である。しぐれの質問はあながち的外れではなかろう。

「火付けを見つけることができなかった」

上総介はぼそりと言った。

「もう一度、おっしゃってくださいませ、上総介おじさま」

しぐれは自分の耳を疑っている。

「何の手がかりもつかめておらん」

甲高《かんだか》い声で、上総介は言った。

期待が大きかっただけに、白けた沈黙が寺子屋に流れた。猫骸骨が「使えませんにゃ」と、ため息をついた。

「とにかく、事情を聞こうよ」

沈黙に耐え切れなくなり、仲吉は言葉を挟んだ。

上総介は甲高い声で言い訳を続けた。

天下の織田信長上総介だけあって、幽霊となった今でさえも付き従う者は多い。文字通り、戦国の世を上総介と駆け抜け、生死をともにした仲間である。

「つまり、本能寺で死んだ連中だ」

本能寺の変で死んだのは、上総介だけではない。

上総介が自刃《じじん》した後も、織田信忠に従い明智光秀と戦い、散って行った者や、弔い合戦を掲げ立ち上がった羽柴秀吉に従い、戦死した者もいる。

主君である上総介が、天下人になることを確信していたであろう家来にとって、本能寺の変は思い出すのも厭《いと》わしい出来事である。

しかも、本能寺の変のあったときに上総介と一緒にいたにせよ離れていたにせよ、主君を守れなかった武士という汚名がついて回る。

「予と同じように、みな火を見ると本能寺の変を思い出すのだ」

渋い顔の上総介に同情するように、猫骸骨は言う。

「あんたも苦労してますにゃね」

上総介の肩が、がくんと落ちた。

5

「火付け騒動も調べてあります」

淡々とした声で割って入って来たのは、朔夜だった。

「それなら早く言え」

回りくどいとばかりに、閻魔が言った。

「出すぎた真似かと思いまして」

能吏の例に漏れず、朔夜の言葉はどことなく嫌味に聞こえる。

ろくに任務をこなせなかった上総介などは、気の毒なくらい小さくなって、身の置き場もないといった風情である。

「上総介おじ様」

しぐれがやさしい声で言う。

「む？」

「皆様にお茶を淹《い》れてくださらない？」

「……わかった」

上総介はいっそう肩を落とす。

そして、しぐれは、とことこと朔夜の方へ歩み寄った。

「朔夜お姉様、聞かせてくださらない」

しぐれの目がきらきらと輝いている。新たな金ヅルを見つけたときの目つきである。有能な朔夜がいれば、大儲けできると思っているのだろう。

朔夜はこくりとうなずくと、口を開いた。

「火付けは化け物のしわざです」

――やっぱり、小風が。

口から飛び出しそうになった言葉を、伸吉はぐっと飲み込む。

「師匠、お腹《なか》でも痛いのですかにゃ？」

心配そうに伸吉の顔を覗き込む猫骸骨に返事をすることもできなかった。小風の顔が浮かんでは消える。

しかし、朔夜の話は、伸吉の思いも寄らぬ方向へ進んだ。

「百聞は一見にしかず。言葉で説明するよりも、見てもらった方が早いですね」

朔夜はどこからともなく、握り拳ほどもある氷の塊《かたまり》を取り出した。

その氷の塊を、寺子屋の床へ放り投げると、氷は青々とした水となり、寺子屋に水たまりを作った。

「汚しては駄目でござる」

幼子泥棒・妖怪泥棒の犯人と名指しされたことを根に持っているのか、音之介が大声で朔夜に文句を言っている。

だが、朔夜は音之介など眼中にない。殺し屋の幽霊を無視して、青々とした水たまりに「写」と呪文を投げかける。

とたんに、水たまりの水面が鏡と化した。

「閻魔鏡か」

地獄の大王が呟いた。

閻魔鏡というのは、死者を審判するときに用いる鏡である。現世の何もかもを映し出すという不思議な道具だ。

ただし、月の力を借りて霊力を発揮するため、いつでも使えるわけではなく、今日のような満月の夜しか使えない。

便利な道具のように思えるが、しょせんは鏡なので、ただ風景を映し出すだけである。心の中までを覗き込むことはできない。

閻魔鏡には、寺子屋から歩いてすぐの町並みが映し出されていた。伸吉がよく行く八百屋の建物もある。

「朔夜より霊力の強い者を見つけることはできんがな」

閻魔は言った。小風をさがすのに、閻魔鏡は役に立たないと言いたいのだろう。

地獄の大王だけあって、伸吉の考えなど簡単に見透かしてしまう。

がっかりしている伸吉をよそに、閻魔鏡に何やら影が浮かび上がった。

「猫ですにゃ。猫がいますにゃ」

猫骸骨が閻魔鏡を覗き込んで騒いでいる。

釣られるように、伸吉も閻魔鏡を覗いてみると、見たこともない赤い猫が夜の町を歩いていた。

「赤猫とは物騒だな」

閻魔が顔をしかめる。

赤猫の噂は、伸吉も耳にしていた。

赤猫というのは化け猫の一種であるが、鬼のように大昔からいたわけではない。江戸の世になってから取り沙汰されるようになった化け物である。

今回の火付け騒動ではないが、江戸は放火を原因とする火事が多い。

人の世では、火付けは重罪である。だからこれを犯す者も捕まらないように工夫を凝らす。

その工夫の一つとして、〝赤猫〟と呼ばれる火付けの方法があった。

猫に油をつけ火だるまとし、目指す家屋へ放り込む。すると、全身を焼かれた猫は苦痛に暴れ回り、家屋のあちこちに火をつけて行き、大騒ぎをしている間に、当の下手人は、遠くに逃げてしまうという寸法である。

「ひどいことをしますにゃ」

火で焼かれた仲間のことを思ってか、猫骸骨が悲しそうな顔をする。人の子というやつは、ときおり、化け物よりひどいことを平気な顔でするようにできている。

当然だが火付けの道具とされた猫は人を恨み、人の世に仇《あだ》なす妖怪・赤猫となる。恨みが消えぬかぎり、全身を真っ赤にして、現世を彷徨い続ける。

妖怪となった赤猫は自由自在に火をおこすことができる。事前に火事を察知して、小火を大火にすることもあるというのだ。

「本所深川にいた赤猫は、猫又神社に棲んでいたはずだが」

閻魔の目が険しくなる。火事が起こり、人死にが出れば地獄は忙しくなる。怠け者の閻魔はそれが嫌なのだろう。

「それでは、猫又神社を映してみましょう」

朔夜の言葉を合図に、閻魔鏡の景色が変わった。

百姓家すらまばらな本所深川の外れらしきところに、寂れた神社がぽつんと建っている。

人の背丈ほどに雑草は生い茂り、よくよく見なければ神社ということにも気づかないほどである。

「猫の神様ですにゃ」

猫骸骨が言うには、猫又神社は化け猫、生身の猫を問わず、江戸中の猫が信心する神社であるという。人に人の神があるように、猫には猫の神があるのだろう。救われたいのは、人の子も猫も変わりがないのだ。

「でも、神様はいませんにゃ」

猫骸骨が独り言のように呟いた。猫又神社に信心しても、救われることなどないと言いたそうである。

「にゃあたちを救ってくれるのは――」

猫骸骨の言葉を遮るように、不意に人影が現れた。

やって来たのは、恋女房に逃げられたと言い張っている吉三郎である。

「千代、どこにいるんだい？」

情けない声でさがし回っている。

〝うらめしや〟にやって来たときより、さらに頬《ほお》が痩《こ》け、吉三郎の顔には血の気《け》というやつがなかった。

この様子では、夜もろくに寝ていないに違いない。棺桶に片足を突っ込んでいるどころか、三途の川に首まで浸かっているように見える。

「死人と変わらんな」

閻魔が鼻を鳴らした。生身の人の子に見えないはずの幽霊の姿が見えるのも、当然のことなのかもしれない。

しかし、いもしない恋女房をさがす吉三郎の姿は、伸吉の胸に迫るものがあった。見ているだけで、胸が切なくなる。

「あたしも行ってくるよ」

と、思わず立ち上がりかけたとき、不意に閻魔鏡に映る場面がもとの本所深川の夜道に戻った。

どうやら、事件が起こるらしい。

「赤猫が火をつけるつもりのようです」

冷静沈着な声で朔夜が言った。

朔夜の言葉を聞くまでもなく、閻魔鏡の中で、

めらめら――――

――と、紅蓮《ぐれん》の炎が燃え立っている。

赤猫の身体が燃えている。

紅蓮の炎も恐ろしいが、それよりも、仲吉には赤猫の目つきの方が怖かった。骨の髄まで人を恨んでいる目をしている。

「生きたまま、火だるまにされたのだ。恨んで当然だろう」

閻魔が素《そ》っ気《け》ない口振りで言った。これまで何匹も救われない化け物を見て来たのかもしれない。

「かわいそうですにゃ」

猫骸骨が同情している。

いくら同情の余地があろうと、火付けを放っておくわけにはいくまい。町が火事になり、罪のない町人たちまで焼け死んでしまう。

「赤猫を捕まえなきゃ」

「にゃあも行きますにゃ」

仲吉と猫骸骨は寺子屋を飛び出した。

＊

「ろくに力もないくせに困った男だ」

寺子屋の屋根の上から、夜の本所深川を駆けて行く仲吉と猫骸骨を見て、巫女衣装の娘がため息をついた。

其ノ三　小風、帰還するの巻

1

現場に着いたときには、すでに火は燃え上がっていた。

大火事にするつもりなのか、赤猫は民家ではなく、枯れ葉の多い雑木林に火を放ったらしい。

雑木林は真っ赤に燃え立ち、火の粉が四方八方に飛び散っている。いつ民家に飛び火しても不思議ではない。

「早く消さなきゃ」

しかし、焦ったところで火消しでもない伸吉にはどうすることもできないほどの火勢となっている。

藁にも縋る思いで、ついて来た猫骸骨を見ると、あまりの火の強さに圧倒されたのか、立ったまま気を失っている。

これでは何のためについて来たのか分からない。

「あのねえ、猫骸骨」

思わず言いかけたが、今は文句を言っている場合ではない。

悪いときには悪いことが重なるもので、乾いた風が吹いて来た。雑木林につけられた火が、どんどん広がって行く。このままでは、本所深川どころか江戸中が火事になってしまう。

なけなしの勇気を振り絞り、仲吉は火事に向かって行くが、勇気だけで解決する問題など絵草紙の中くらいにしかない。あっという間に煙に巻かれた。

万事休す。

頭の中で虎和尚・狼和尚の念仏が聞こえ始めたとき、仲吉の目と鼻の先で、闇に咲く大輪の花のように、ぱらり――――

――と、赤い唐傘が開いた。

現れたのはしぐれではない。

緑の黒髪を腰まで伸ばし、白い巫女衣装に身を包んだ〝唐傘小風〟が赤い唐傘を右手に立っていた。

「小風ッ」

煙に巻かれながら、伸吉は娘の幽霊の名を呼ぶ。

「相変わらずの馬鹿師匠だな」

久しぶりに会ったというのに、小風はにこりともしない。そもそも伸吉は小風の笑っている顔を見たことがなかった。

――どうして笑わないんだろう……？

煙に巻かれ、死にかけているのに、思い浮かぶのは小風のことばかりだった。伸吉の考えていることなどお見通しなのだろう。小風の呆《あき》れた声が聞こえた。

「他人《ひと》のことより自分のことを考えるがいい、馬鹿師匠」

小風の言う通りである。

煙と火事の熱気で、伸吉は気を失う一歩手前なのだ。

「手間のかかる男だ」

いかにも面倒くさいと言わんばかりの口振りで呟くと、小風は赤い唐傘を、
くるり、くるり――――

――と、回し始めた。

どこからともなく、ひゅうどろどろと生暖かい風が吹き、伸吉の周囲から煙を散らしてくれた。

呼吸が楽になる。

咽《む》せながらも、人心地ついた伸吉を尻目に、小風が唐傘をくるりくるりと回しながら、地獄の名を呼ぶ。

「等活地獄の五番目の小地獄、闇冥所《あんみょうしょ》」

小風の言葉が終わらぬうちに、燃え盛っている雑木林の炎が、

すぱん――――

――と、斬れた。

「まさか……」

思わず、伸吉は呟いた。

幽霊どころか、地獄の閻魔さえも知っている伸吉だが、風が炎を斬ったなどという話は聞いたおぼえがない。

「まさかもトサカもあるか」

小風は炎を斬り続ける。

小風が赤い唐傘をくるりくるりと回すたびに、雑木林の炎は斬り取られ小さくなっていく。江戸の町を燃やしかねないほどの炎が、今や小火のようになっていた。

唖然《あぜん》と炎を見つめている伸吉の背中から、男の声が聞こえた。

「後は拙者に任せるでござる」

振り向くと、さらさらと氷を砕いたような白い雪が降っている。

いつの間にか、雪灯音之介が立っていた。

髪から肌の色まで白一色の雪男の幽霊である音之介は、自分の周囲にだけ雪を降らせることができる。大火相手には役に立たぬ程度の雪だが、小火を消すくらいは朝飯前なのだろう。

「うむ。任せた」

うなずくと、小風は唐傘をぱらりんと閉じた。

瞬く間に、雑木林の紅蓮の炎が純白の雪に飲まれていく……。

気づいたときには、雑木林の炎は消えていた。

2

いなくなっていた小風も姿を現し、雑木林の火事も消え、一件落着に思えたそのとき、近くの町場から悲鳴が上がった。

見れば、紙問屋らしき商家から煙が立っている。

「しまった」

小風が舌打ちする。

雑木林の火事に気を取られているうちに、火事の元凶である赤猫の存在を忘れていたのだ。

雑木林の火事を音之介に任せ、伸吉と小風は紙問屋へ急ぐが、紙を商う紙問屋だけに、火の回りが早く、手遅れになりそうであった。

「誰かッ、うちの坊やを助けてッ」

紙問屋のおかみが悲鳴を上げている。子供が逃げ遅れ、店の中で火と煙に巻かれているらしい。

悲鳴に慌てた伸吉は妖かしに助けを求めようと、〝百鬼夜行の書〟をぺらぺらとめくり、一匹の魔物に目を止めた。

「待て、馬鹿師匠ッ」

小風が止めるのも聞かず、伸吉は〝百鬼夜行の書〟に呼びかける。

「出て来ておくれ、狐風鬼《こふうき》」

すると、〝百鬼夜行の書〟から、

ひゅうどろどろ――

――と、生暖かい風が生まれた。

生暖かい風は、周囲に散らばる枯れ葉を吹き上げた。吹き上げられた何十枚、何百枚の枯れ葉は、屋根の高さ程度のところで、ぐるりぐるりと渦を巻いた。

枯れ葉の渦の中心に、馬ほどの大きさの厳《いか》つい顔をした一匹の白狐がいる。白狐の頭には、鬼の印である二本の角が生えていた。

――風を吹かせばよいのだな？

狐風鬼は伸吉に聞く。

伸吉はこくりこくりとうなずく。

「頼むよ、狐風鬼」

「よせと言っておるだろう」

小風は伸吉を怒鳴りつけたが、すでに手遅れだった。

狐風鬼は風を起こし、紙問屋に吹きつける。先刻、小風が起こしたような、炎を斬るほどの鋭い風であればともかく、生半可な風は火を煽《あお》るばかりである。

紙問屋の火事が激しくなった。

「えっ？」

仲吉は慌てるが、狐風鬼は吹くのをやめない。

「江戸中を火の海にするつもりかッ」

小風に怒鳴られ、ようやく我に返った仲吉は「戻っておいで」と、狐風鬼を〝百鬼夜行の書〟に戻した。

しかし、時すでに遅し。仲吉の目の前では、火が恐ろしいほどの勢いになっている。

こうなってしまっては、仲吉にできることなど一つしかない。

「小風、助けておくれよ」

仲吉は娘の幽霊に泣きついた。

「馬鹿者が」

舌打ちしつつも、再び、小風が赤い唐傘を開きかけたとき、
カァーッ——

――と、カラスの鳴き声が聞こえた。

「八咫丸の声ですにゃ」

仲間の声を聞いたおかげか、気を失っていたはずの猫骸骨が正気に戻ったらしく、きょろきょろとしている。

「うむ。あれは八咫丸の声だ」

小風がうなずいたとき、小さな二匹の妖かしが姿を見せた。

「チビ猫骸骨もいますにゃ」

猫骸骨の言葉に嘘はなく、仲吉たちの目の前に姿を現したのは、行方不明になっていたはずの八咫丸とチビ猫骸骨であった。

しかし、二匹は顔を隠しているつもりか、目隠しよろしく目もとに赤い手ぬぐいを縛っている。

ただ、丸く目の形に穴が空《あ》いているので、あまり隠したことになっていない。どこをどう見ても、八咫丸とチビ猫骸骨である。

「何をやっておるのだ、あやつらは」

理解に苦しむといった風情で、小風が首を振る。

「八咫丸とチビ猫骸骨ですにゃッ」

しきりに騒ぎ立てる猫骸骨を見ようともせず、二匹の妖かしは燃え盛る紙問屋へ飛び込んで行った。

「危ないですにゃッ」

二匹を止めようと、猫骸骨も後を追おうとするが、苦手な火を目《ま》の当たりにして身体がついて行かないらしい。

「にゃあ……」

がたがた震えながら、その場で、再び気を失いそうな顔をしている。仲間を助けに行くどころの騒ぎではない。

「あやつらは平気なのか？」

小風が首を傾げる。

猫骸骨と同様、八咫丸とチビ猫骸骨も火が苦手であったはずなのに、颯爽と火事場へ飛び込んでいる。

不思議ではあるが、今は火の始末が先である。

赤い唐傘をぱらりと開き、小風が雨を呼ぶ。

人目を気にしてか、小風の招喚するものにしては珍しく、ただの雨である。町人たちの目には、都合よく雨が降って来たようにしか見えないだろう。

この程度の雨でも、時をかければ火事を消すことはできる。しかし、紙問屋の屋敷の中には、子供が取り残されている。

「この程度の雨では、間に合わぬか」

小風は苦々しい声で言った。

そのとき、屋敷の中から何かが飛び出して来た。

火事場に集まっている町人たちの間から、悲鳴にも似た歓声が上がった。

「見ねえッ。カラスが子供をくわえてるぜッ」

空を見上げれば、八咫丸が三歳くらいの子供をくわえて、ふらふら、ふらふらと飛んでいる。燃え盛る火事場から、紙問屋の息子を、八咫丸が救い出したようだ。

「坊や……」

我が子の無事な姿を見て、安心したのだろう。紙問屋のおかみさんが、地べたにぺたりと座り込む。

子供が我が手に戻って来るのを、涙ながらに待ちわびている様子である。

しかし、いつまで待っても八咫丸は下りて来ない。子供をくわえたまま、どこぞに向かって、ふらふらと飛んで行く。

「あ……」

これには紙問屋のおかみだけではなく、伸吉までもが呆れ、口をぽかんと開いた。

「あやつの考えることも分からん」

小風がため息をついていると、何枚もの千社札が、
ひらひら――

――と、降って来た。

見れば、チビ猫骸骨が千社札を撒《ま》き散らしながら、どこへともなく走り去って行く。話しかける間もなく、チビ猫骸骨は姿を消し、千社札だけが残された。

小風が千社札を拾い上げ、またため息をついた。

「さっぱり分からん」

仲吉も千社札を覗き込む。

〈怪盗八咫丸、怪盗チビ猫骸骨参上〉

と、千社札には書かれていた。

「二人ともかっこいいですにゃ」

遠い目つきで、猫骸骨が呟いた。

3

火付け騒動の起こる一月前の話である。

幽霊の出番といえば、草木も眠る丑三つ時と相場が決まっているが、唐傘小風が目をさますのはもう少し早い。

暮れ六つの鐘が鳴り、お天道様《てんとう》が沈むと、本所深川の寺子屋に、

ひゅうどろどろ――――

――と、生暖かい風が吹く。

三つ子の魂、百までというが、生前から早起きだった小風は、幽霊となっても起きるのがやたらに早い。至って寝起きのいい幽霊だった。

「うむ。よい夜だ」

起き上がったときには、すでに目がぱっちりと開いている。幽霊のくせに、意気揚々としている。

ちなみに、この時、寺子屋には誰の姿もなかった。

伸吉は町の寄り合いで遅くなるなどと一丁前の口を叩いていたし、幽霊や動物どもは気ままにできている。小風が一人きりになることなど、少しも珍しくない。

「茶を飲みたい」

小風は独り言のように呟いた。

いつもであれば、小風の独り言を聞きつけて、カタカタと茶運び人形の茶々子がやって来るところだが、今日にかぎっては静まり返っている。

伸吉や幽霊たちと違い、茶々子がどこかに行くことはない。それなのに気配をさぐっても、寺子屋に茶々子はいないようだ。

「はて、どこへ行ったやら」

と、軽く右の眉《まゆ》を上げかけたとき、小風の耳に尺八の音が聞こえた。耳をすませば、寺子屋の前から聞こえてきているようである。

「こんな夜更けに尺八とは面妖な」

誰もいない寺子屋で暇を持て余していたということもあって、唐傘を片手に小風は教場の外へ出てみた。

すると、おかしなものが小風の目に飛び込んで来た。

しぐれが納屋から持ち出し、勝手に寺子屋の前に立てかけてあった〝うらめしや〟の看板がふらふらと宙に浮いていた。まだ浮き始めたばかりなのか、小風の目の高さくらいの位置で、ふらふらと彷徨っている。

さすがの小風にも、何が起こっているのか分からぬが、見てしまった以上、放っておくわけにはいかない。

「看板《おぬし》は飛んではならぬ」

看板相手に説教をしながら、捕まえようと手を伸ばした。しかし、小風の手が触れる前に看板は、すう――

――と、いっそう浮かび上がった。

あっという間に、〝うらめしや〟の看板は、小風の手の届かぬところまで浮かんで行ってしまった。

寺子屋の屋根のあたりで浮いている看板を見て、小風は右の眉を上げた。

「なぜ逃げるのだ？　大人しくせぬか、馬鹿者」

小風は唐傘に腰かけ、るるると唐傘を宙に浮かべた。

再び、捕まえようと手を伸ばすが、看板は小風の指先からするりと逃げてしまった。見れば、動きの素早い胡蝶《こちょう》のように、西の方へ飛んで行く。

「面白い」

小風は呟くと、右の手首から、赤い〝三途の紐《ひも》〟をしゅるりと解《ほど》き、後ろ手で髪を束ねた。馬の尻尾《しっぽ》のように見える。

「あの看板を追うのだ」

小風は唐傘に命じた。

4

雲の上には天界があると信じている人の子もいるが、月の輝く夜空が広がっているだけである。

寺子屋を出て、一刻の時がすぎたであろうか。空飛ぶ看板を追いかけて、小風は雲の上を唐傘で駆けていた。雲が地平線のように広がっていて、白い平野を駆けているような気分であった。

それほど速いわけでもないのに、看板を捕まえることができない。手を伸ばすと、ふらりと行ってしまうのだ。

決して気が長いわけでもない小風は苛立《いらだ》ち始める。

「いい加減にせぬか」

右手の手首から、もう一本、三途の紐を解くと、〝うらめしや〟の看板を目がけて、小風は鞭のように赤い紐を走らせた。強い妖力を持つ三途の紐をもってすれば、看板など簡単に搦《から》め捕《と》れるはずだった。

しかし、三途の紐が看板に届くことはなかった。

ぱしんっ――

――と、跳ね返されたのである。


「む」

いつの間にやら、看板と小風の間に、白い人影が立っている。

――いや、人影ではない。

雲が人形《ひとがた》となって、三途の紐を跳ね返したのであった。

「邪魔をするでない」

小風は言ってやったが、雲人形は聞く耳を持たない。もこもこと身体の一部を変《へん》化《げ》させ、雲の刀と盾を構えた。小風と戦うつもりであるらしい。

「ふん。生意気な」

小風は三途の紐を、ぴしりぴしりと走らせる。盾と刀の形をしていようと、しょせんは雲にすぎない。三途の紐で砕け散るはずでる。

案の定、小風の赤い紐が触れるたびに、雲の盾は爆《は》ぜるように散って行く。まるで手応えのない相手だった。

「死にたくなければ、そこをどけ」

雲人形に生死があるのか分からぬが、小風は言ってやった。しかし、雲人形は返事一つしない。

重ねて三途の紐で雲人形を打ち据えようとしたとき、小風の背中に、ぞくりと悪《お》寒《かん》が走った。

振り返ると、小風の背後にも雲人形が立っていた。それも雲人形は一体ではない。五指に余るほどの雲人形が盾と刀を構えている。

さらに、嫌な予感に襲われ、前を見ると、こっちでも雲人形が増えている。訳の分からぬ雲人形が相手の上、多勢に無勢では、さすがの小風も戦いにくい。

「くっ」

小風は舌打ちすると、上空へ逃れようとした。が、りん――――

――と、鈴の音が鳴った。

そのりんを追いかけるようにして、雲の中から、しゅるりと赤と黒の二色で編まれた組紐が走ってきた。

しゅるりしゅるりと組紐は、小風の手首に絡みついた。組紐の先には鈴がついており、小風の手首で、りんりんと音を立てる。

動きの止まった小風を目がけ、続けざまに三本の組紐が飛んできた。躱《かわ》す余裕もなかった。

鈴の音を鳴らしながら、赤と黒の二色で編まれた組紐が両手両足に絡みつき、小風は身動きが取れなくなる。

「誰かおるな。――姿を見せぬか」

小風は組紐の先を睨みつける。

すると、雲の合間から、〝うらめしや〟の看板を手にした虚無僧が現れた。どこかで見たような気もするが、雲が邪魔をして、よく見えない。

虚無僧は組紐に搦め捕られた小風を見て、嘲笑《あざわら》うように言う。

「いい格好だな、小風」

「きさまのしわざか」

小風は怒鳴りつけてやるが、虚無僧は嘲笑うことを止めない。

「半端な男にうつつを抜かしておるから、そのような醜態を晒《さら》すのだ」

「何だと？」

小風は組紐を解こうとするが、術でもかけてあるのか、りんりんと鈴が鳴るだけで、びくともしない。見れば、組紐は雲の中から伸びている。

「しばらく、ここで頭を冷やしておれ。おのれの未熟さが分かったら、その組紐は解けるであろう」

言い捨てると、虚無僧は姿を消した。

其ノ四 しぐれ、浅草に立つの巻

1

小風と再会した翌夜のことである。

伸吉は小風に何度も事情を聞こうとした。

「いったい、どこに行っていたんだい？」

そのたびに小風はするりと逃げるのだった。

「帰って来てはならんのか？」

ならば、出て行くという顔をされては、惚れた弱味、突っ込んだ質問などできるわけがない。

「帰って来ない者の心配をしたらどうだ？」

小風は言った。

実際、小風のことだけを気にかけていられないほどに事件は起きている。何より
も、仲間のことだけに、怪盗八咫丸と怪盗チビ猫骸骨の一件が気になっていた。

猫骸骨は〝妖怪泥棒〟と言っていたが、二匹の様子を見ると、盗まれたようには
見えない。火事場での姿からして、自ら進んで姿を消したように見える。

茶運び人形の茶々子が運んで来た熱い茶を啜《すす》りながら、小風は眉間に皺を寄せて
独り言のように呟く。

「あやつらは人の子など、さらってどうするつもりなのだ」

「食べるつもりなのかねえ」

かつて、伸吉は何度も猫骸骨に食われそうになったことがある。

「八咫丸とチビ猫骸骨は人など食わん」

小風がきっぱりと言い切った。

「きっと身代金目的ですわ、小風お姉様」

しぐれが口を挟むが、誰一人として同意しない。

一同が首をひねる中、寺子屋の教場の戸が、がらりと開いて、朔夜が姿を見せた。いつも冷静沈着な朔夜の頬が、珍しく上気している。何やら、興奮しているようである。

閻魔が不思議そうな顔をする。

「何かいいことでもあったのか、朔夜」

閻魔が聞くと、朔夜はこくりとうなずいた。

「浅草の火除地《ひよけち》で、すごい見世物を見たのです」

地獄で〝氷の朔夜〟と呼ばれ、閻魔にさえ一目も二目も置かれている鬼娘だが、なぜか見世物の類が大好きなのだ。ただし、しぐれのいんちき見世物で喜ぶくらいなので、あまり目は肥えていない。

しかし、今回にかぎっては、朔夜の言葉を信じるなら、浅草で新手の見世物が人気を集めているらしい。

「あのね、朔夜——」

今は見世物の話をしている場合じゃないと、伸吉が言おうとしたとき、守銭奴幼女の幽霊が騒ぎ出した。

「何ですと？　朔夜お姉様、もう一度、詳しく教えてくださらない？」

しぐれの目つきが、鋭くなっている。

「居合いの達人でした」

朔夜が言う。

「お客様はたくさんいらしてました？」

「もう立錐の余地もないくらいに。かなり儲かっているようでしたわ」

「縄張り荒らしですわッ」

いつから、浅草がしぐれの縄張りになったのか分からないが、守銭奴幼女の幽霊ときたら本気で怒っている。

さらに、居合いと聞いて、反応した幽霊がいた。

「この太平の世に、居合い使いとは珍しいでござるな」

剣術使いの音之介が興味を惹《ひ》かれている。およそ幽霊は呑気なものだが、音之介ときたら幼子泥棒の犯人とされているのに、まるで他人事である。

「音之介お兄様、居合い使いなんて、さらって、火をつけて、燃やしてしまうとよろしいと思いますわ」

一連の犯人と決めつけているくせに、しぐれは音之介を利用する気いっぱいである。

「拙者は何もやってござらん」

清廉潔白だと言わんばかりに音之介は抗議するが、しぐれは聞いていない。音之介のことなど、どうでもいいのだろう。すでに、しぐれは音之介のことを見ていない。

しぐれは腕を組んで独り言のように呟く。

「鉄砲玉が必要ですわ……」

それから、何かを思い出したように、両手でぽんと音を立てた。

「上総介おじ様、天下布武ですわッ」

しぐれは大声で喚《わめ》き立てた。

すると、壁と屋根に囲まれた寺子屋の中だというのに、

ひゅうどろどろ――――
――と、生暖かい風が吹いた。

ぞくりぞくりと寒気が走り、ぷつりぷつりと伸吉の身体に鳥肌が立つ。幽霊がこ

ちらに向かって来ているのが分かった。

　がらりと寺子屋の教場の戸が開き、ビロードのマントに西洋帽子、その上、南蛮胴を身にまとった上総介が現れた。手には黒光りする火縄銃が握られている。

「予の出番のようだな」

　縄張り争いと聞いて、戦国時代を思い出し血が騒いでいるらしく、やたらと上総介は張り切っている。火事場で醜態をさらした名誉挽回とでも思っているのかもしれぬ。

　上総介は憮然とした顔をしている音之介に言葉をかける。

「音之介とやら、そちも男なら言葉ではなく刀で、おのれの身の証《あかし》を立てるがいい」

　かつて天下を取ったお得意の屁理屈である。戦国のころ、上総介の屁理屈に乗せられて、何人もの武将が死地に赴き、その命を散らしていた。

　よせばいいのに、音之介も上総介のへ理屈にあっさりと乗る。

「拙者の斬鉄剣が身の潔白を立ててくれるはずでござる」

　よく分からないままに、浅草に現れた居合い使いが敵にされている。斬り殺す気いっぱいである。

　こうなってしまうと、しぐれの思うつぼである。

しぐれは青い鬼娘に言う。

「朔夜お姉様、居合いのおじ様のところまで案内してくださいませ」

2

物見高いは江戸の常。

江戸っ子の物見高い性分は幽霊になっても変わらないらしい。お天道様が沈んで夜になると、墓地から幽霊どもが姿を現し、お江戸の物見遊山《ゆさん》をするのだ。

殊に浅草は人気が高い。そもそも、浅草といえば、江戸随一の盛り場である。

浅草寺のほおずき市など縁日を始め、墨堤の春の花見から大川の舟遊びまで、人の切れることがない。

明暦の大火の後、遊里吉原が浅草田圃《たんぼ》に移って以来、鼻の下を伸ばした男衆が群れをなすようにもなっている。

「浅草を失うわけにはいきませんわ」

浅草で見世物なんぞ開いたこともないくせに、しぐれが目を三角にしている。他人の懐に銭が転がり込むのが嫌なのだろう。

確かに、ざっと見ただけでも永代橋あたりとは比べものにならないくらいの幽霊どもが集まっている。吉原の遊女の死骸を捨てる投げ込み寺が近いせいか、花魁《おいらん》衣装の化粧の濃い女がやたらと目につく。

女が集まれば、男も集まるのは幽霊の世も人の世と同じらしく、鼻の下を伸ばした男の幽霊どもがふらふらと歩いている。

鼻の下が弛《ゆる》めば、財布の紐も弛む。

そんな言葉があるのか知らぬが、男の幽霊どもは遊女の幽霊の気を引こうと、そこら中で銭をばら撒いている。

「甘酒でも飲みねえ」

「どれ、粋な手ぬぐいでも買ってやろうか」

馬鹿は死ななきゃ治らないと言うが、男というやつは死んでも馬鹿なままらしい。

ちょいと遊女の幽霊がしなだれかかっただけで、財布を開くのだ。

飛び交う銭を見て、しぐれがとんでもないことを言い出す。

「わたしも遊女になろうかしら」

「無理ですにゃ」

猫骸骨は正直である。

狐や狸が人を騙すには尻尾が必要だが、遊女は舌先三寸だけで男を騙す。遊女のことを尾いらん――花魁という由縁である。

銭を男に使わせるのが女の甲斐性とばかり、遊女の幽霊たちは男の幽霊に散財させている。

人気のある見世物の前には、銭が次々と放られていく。

「地獄より浅草を支配した方がよさそうだな」

なぜか一緒について来た閻魔が、朔夜にささやいている。

盛り場なんぞに、まるで縁のない伸吉が目を丸くしていると、どこからともなく、耳に馴染んだお経が聞こえて来た。

「南無阿弥陀仏、南無阿弥陀仏――」

いつの間にか、虎和尚と狼和尚がお経を唱えている。二匹の和尚は、眩《まばゆ》いばかりの金色の袈裟《けさ》を身にまとっている。この二匹は、夜の寺子屋に通って来る伸吉の教え子である。つまり、しぐれの手下ということになる。

——この風景には見おぼえがあった。

「まさか……」

仲吉の言葉を押し返すように、もくもくと白い煙が立ち込める。ただし、この煙は、少々、魚くさい。

ちらりと横を見れば、案の定、猫骸骨が魚を焼いている。

「うむ。旨《うま》そうだな」

幽霊のくせに、魚好きの小風が的確な感想を述べた。釣られたように、仲吉の腹が、ぐるると鳴った。

「魚の焼き方がずいぶん上達したようだな」

真面目な猫骸骨だけに、特訓をしたのだろう。小風が感心している。

野良猫たちが集まって来そうな白い煙の中で、銭柄の子供用唐傘が、

ぱらり——

——と、開いた。

「おおッ」

浅草の幽霊たちの間からどよめきが上がった。

見世物見物に集まった幽霊たちの注目を十分に引きつけたところで、銭柄の子供用唐傘がはらりんと閉じられた。

「唐傘しぐれ一座にようこそ」

慣れた口振りで、しぐれは言った。

目には目、歯には歯。そして芸には芸ということなのだろう。しぐれは見世物興行を始めた。

ぱちぱちと朔夜が手を叩くと、釣られたように浅草の幽霊たちも手を叩く。

「あやつは朔夜ではなく、さくらだったのか」

小風が呟いた。

しぐれは口上を続ける。

「浅草では居合い使いが評判と聞きましたが、皆様は騙されておりますわ」

他人のことを騙そうとするものほど、「あなたは騙されている」という言葉を口にするものである。

しぐれのことを知っている本所深川あたりの幽霊なら、眉に唾《つば》するところだが、浅草までしぐれの悪評は届いていないのか、幽霊どもは守銭奴幼女の幽霊の言葉に聞き入っている。

しぐれは自信たっぷりに言う。

「浅草の居合い斬りは、本物ではありませんわ」

偽物に銭を費やしていたと言われて、いい気のするものはいない。浅草の幽霊どもから声が上がる。

「言いがかりつけるんじゃねえ、小娘風情が」

遊女の幽霊がそばにいるせいか、やたらと威勢がいい。

「言いがかりかどうかは、本物の居合いをご覧になってから、おっしゃってくださるかしら？」

しぐれは余裕たっぷりに笑うと、背後の深い闇に向かって「上総介おじ様」と声をかけた。

ひゅうどろどろ――

――と、生暖かい風が吹いた。

その風をかき分けるように、戦国時代の天下人こと織田信長上総介が姿を見せた。

「このお方こそ、織田信長の幽霊ですわ」

しぐれの声が、夜の浅草に響き渡る。

永遠とも思える長い静寂の後、幽霊どもの歓声で浅草が揺れた。

幽霊どもの声が大きすぎて何を言っているのか分からないが、いっこうに騒ぎが収まる気配がない。

「すごい人気ですにゃ」

魚を焼きながら、猫骸骨が目を丸くしている。

実のところ、猫骸骨以上に驚いていたのは上総介本人であった。

「予の時代が再び……」

今川義元を打ち殺したころの記憶が、上総介の脳裏に蘇《よみがえ》っているらしい。目元には隠しようのない涙が光っている。

江戸の世で幽霊となり、しぐれと行動をともにするようになって以来、あるときは加藤清正、またあるときは豊臣秀吉、ひどいときには春日局《かすがのつぼね》の扮装までさせられ、苦労の連続であった。

何より辛かったのは、江戸の世で織田信長の人気がなかったことである。徳川家康は言うまでもなく、豊臣秀吉にも人気負けしていた。〝悪鬼〟だ〝第六天魔〟だと言われ、まるっきりの悪人扱いされていた。

それが、この大歓声である。万感の思いを抱《いだ》いて、上総介は真夜中の浅草の地に立っていた。

しかし、上総介が歓声だと思っていたものは、実は別のものだった。

「鬼が出やがったぜ」

「善さん、わちきは怖いでありんす」

やはり、悪役である。歓声ではなく、罵声《ばせい》と悲鳴だった。

英雄扱いしてもらえるのではないかと期待が大きかっただけに、裏切られたときの上総介の怒りも大きい。

「ふざけおって。八つ裂きにしてくれる」

と、天下を取った火縄銃を上総介は構えた。

根絶やしにされては一大事と、幽霊たちが逃げ出そうとしたとき、上総介の頭上に白い雪が、

さらさら——

——と、降り始めた。

3

「本物の居合い使いをご覧に入れますわ」

しぐれの声が無情に上総介を打つ。つまり、主役は上総介の他にいるのだ。

さらさらと降り落ちる氷雪の中、薄《うっす》らと人影が見えた。言うまでもなく、幽霊の殺し屋・雪灯音之介である。

ただでさえ人相の悪い上総介の目が吊り上がる。

「下郎推参なり」

何のためらいもなく、上総介は火縄銃の引き金を絞った。

夜の浅草中に響き渡るほどの轟音《ごうおん》を立てて、火縄銃の弾丸が音之介を目がけて飛んで行く。

戦国時代に活躍した旧式の火縄銃だけあって、弾丸はさほど速くもないが、それでもひゅるひゅると音之介の心の臓に一直線に向かっている。

火縄銃の弾丸が、音之介の身体に命中する寸前、

すぱん――――

――と、小気味のいい音が鳴った。

あろうことか、上総介の放った弾丸は真っ二つに割れ、さらさらと降り積もる雪の上に落ちた。

「雪灯流居合い、雪の葉斬り」

音之介の声が静かに響く。

「まあ」

真っ先に歓声と拍手を送ったのは朔夜だった。さくらなのか本気なのか分からな

いのが、朔夜の醍醐《だいごみ》味である。

朔夜に続き、浅草の幽霊どもの歓声が上がる。相手が嫌われ者の上総介だけあって、音之介の人気が夜の浅草で爆発している。

「大儲けですわ」

にやりと笑い、木戸賃を取ろうと、しぐれが唐傘模様の巾着《きんちゃく》を開きかけたとき、

カァーッ――――

――と、カラスの鳴き声が響いた。

「八咫丸の声だな」

小風が断言する。

聞こえて来たのは八咫丸の声だけではない。

「みゃッ」

チビ猫骸骨の声が聞こえた。

二匹の妖かしの声を聞いて、浅草の幽霊たちが沸き上がる。

「怪盗八咫丸と怪盗チビ猫骸骨だぜッ」

見れば、先日子供をさらったときと同じ、目のところだけ丸く抜いた手ぬぐいを、ぐるりと巻いた八咫丸とチビ猫骸骨が現れた。

浅草の幽霊どもの盛り上がりを見るに、二匹のチビ幽霊はこちらではかなりの人気らしい。

「くっ……」

上総介が嫉妬《しっと》しているが、二匹の人気者は上総介など眼中にない。

八咫丸とチビ猫骸骨が、手慣れた仕草で千社札を盛大に撒き始めた。

伸吉の顔にも、一枚の千社札が、ぺたりと張りついた。剝がして千社札を覗き込むと、力強い墨の文字が躍っている。

〈石川五右衛門参上〉

伸吉は目を丸くする。

石川五右衛門といえば、伸吉でさえ名を知っている天下御免の大泥棒である。歌舞伎の題材にもなっている。

浅草の幽霊たちが騒ぐのも当然であろう。

チビ猫骸骨が首からぶら下げている拍子木を、チョーン、チョーンと鳴らし始めた。夜の浅草が、まるで歌舞伎の大舞台と化している。

舞い散る千社札の中、赤い髪を獅子《しし》のように乱れ伸ばした男が現れた。

「よッ、千両役者ッ」

男の幽霊たちはしきりに歓声を飛ばし、女の幽霊たちはうっとりとした目で歌舞伎男を見ている。

「天下御免の大泥棒、石川五右衛門とは――」

歌舞伎男は隈取りをまとった顔で、本物の歌舞伎役者のように見得を切る。

「――あっしのことだ」

歌舞伎男――石川五右衛門が名乗ったとたん、方々の幽霊たちからおひねりが飛び交った。

石川五右衛門の前に、銭の山が築かれていく。

「あたくしのお銭《あし》ですわッ」

しぐれが駆け寄ろうとしたが、それより早くチビ猫骸骨が回収して風呂敷に包んで背負ってしまった。

本所深川一の守銭奴幽霊と呼ばれたしぐれが、目の前で銭を奪われて我慢できるはずがない。

「上総介おじ様、石川五右衛門を殺してくださいな」

しぐれは命令を下す。

悪党扱いされた鬱憤もあったのだろう。上総介が鬼のような顔で、火縄銃を構えた。

「予と同じ時代に生まれたことを後悔するがいい」

幽霊とは思えぬ台詞とともに、上総介は引き金を引く。とたんに、乾いた鉄砲の音が、浅草に鳴り響いた。

天下を取った上総介の弾丸が、石川五右衛門に襲いかかる。

「無駄な真似をするでない」

石川五右衛門は呟くと、手もとから白い光が走った。

ぱらり、ぱらりと弾丸の欠片が地べたに落ちた。

飛ぶ弾丸を石川五右衛門は刀で斬り落としたのだ。先刻の音之介と同じ居合い斬りのようだ。

「拙者と互角でござるな」

音之介は言った。

「互角ではないですにゃ」

猫骸骨が口を挟んだ。

「どういう意味でござるか？」

音之介が怪訝な顔で猫骸骨に聞く。

「五右衛門の斬った弾《たま》を見てくださいにゃ」

猫骸骨が弾丸の破片を拾い、音之介に見せる。

音之介と一緒に伸吉も猫骸骨の手のひらを覗き込んだ。

「そんな……」

ただでさえ白い音之介の顔が、いっそう白くなる。

音之介の斬った弾丸の破片が二つなのに対し、五右衛門の一刀は弾丸を四つに斬っていた。

「やっぱり浅草の居合いの方が上じゃねえか」

「役者が違うぜ」

野次馬の幽霊たちの声が音之介を打つ。

武士であれば負けを認めるところかもしれないが、音之介は手段を選ばず、目的を達成しなければならない殺し屋である。

「石川五右衛門とやら、拙者と立ち合うでござる」

音之介は自らの刀の鯉口《こいぐち》を切った。

「売られた喧嘩を買うのが男。お相手、仕《つかまつ》ろうぞ」

五右衛門は音之介に向き直る。

居合いの達人同士の果たし合いに、野次馬たちが、しんと静まり返った。

胃がきりきりと痛くなるような沈黙の中、音之介も五右衛門も睨み合ったまま、ぴくりとも動かない。

そのとき、先刻、チビ猫骸骨が撒いた千社札が、空高く吹き上げられていたのだろうか。音之介と五右衛門のちょうど真ん中あたりに、

ひらひら――

――と、落ちて来た。

千社札が二人の視界を、ほんの一瞬、遮った。

音もなく——。

音之介が動いた。

「死ぬでござる」

音之介の刀の切っ先が五右衛門へ飛んだ。音之介の刀は、この世に斬れぬものはない斬鉄剣なのだ。避ける以外に、躱しようなどないはずである。

刀ごと五右衛門が真っ二つになると思いきや、金くさい火花が、

キンッ——
——と、散った。

見れば、鞘《さや》から覗いた五右衛門の刀が音之介の一撃を受け止めている。五右衛門の刀には傷一つついていない。

「なぜ、斬れないのでござる」

音之介は目を見開いた。

五右衛門は音之介を力技で押し返すと、くるりくるりと蜻蛉《とんぼ》を切り二間《けん》ばかり距離を取った。

見得を切ると、自分の佩刀《はいとう》を突き出すように、音之介に見せた。

「これをご覧あれ」

音之介だけではなく、浅草中の注目が集まる。伸吉と小風も五右衛門の刀を覗き込む。

「音之介と同じ刀だな。斬鉄剣だ」

小風が呟いた。

4

〝鉄を斬る剣〟と書いて斬鉄剣である。

珍しい刀であるが、この世に二本とないというわけでもない。しかし、幼子泥棒の一件があった以上、目の前に現れた斬鉄剣の持ち主を偶然と片づけるのは都合がよすぎよう。

「幼子泥棒は、おぬしのしわざでござるな？」

音之介が五右衛門を睨みつけた。

幼子泥棒の下手人として音之介が疑われた理由の一つが、この斬鉄剣である。幼子泥棒の現場に斬鉄剣で斬られた跡があったのだ。

「左様。我こそは希代の大悪党。この世の悪はすべて、この石川五右衛門の仕事で候」

五右衛門が歌舞伎役者顔負けの見得を切ったとき、
カンッ、カンッ――――

――と、半鐘の音が鳴り響いた。


「火事ですにゃ」

「おのれ、光秀め」

「本能寺ですにゃ」

とたんに、猫骸骨と上総介の様子がおかしくなる。半鐘の音を聞いて、とち狂ってしまったようである。

情けない一匹と一人を尻目に、五右衛門は八咫丸とチビ猫骸骨に声をかけた。

「仕事のようで候ぞ。各々《おのおの》、参ろうか」

獅子のような総髪を靡《なび》かせ、五右衛門が半鐘の鳴り響く火事の現場へ疾風のように駆けて行く。

「カァーッ」

「みゃッ」

八咫丸とチビ猫骸骨もうなずき合うと、五右衛門の後を追った。猫骸骨や上総介と違い、こちらの二匹は颯爽としている。

「行ってみるか」

小風が独り言のように呟いた。

5

猫又神社では、千代が藪《やぶ》の陰から吉三郎を見つめていた。

「千代、出て来ておくれよ」

吉三郎が自分の名を呼んでくれている。手を伸ばせば、触れることができそうなところに吉三郎がいた。

猫又神社の藪の中から見る吉三郎は、千代が家を出たときよりも、いっそう痩せこけている。あの様子では、ろくに眠らず、また食っていないのだろう。生きている人の子にはとても見えない。

——わたしのことなんて、忘れてしまえばいいのに。

猫又の千代は思う。

千代が吉三郎と会ったのは、三ヶ月前の雨の夜である。

百年の歳月を経て、猫は猫又となる。千代もまた、何の因果か死ぬことができず猫又となっていた。

猫又といっても、千代の場合、ほんの少し不思議な力を使えるだけで、普通の猫とほとんど変わりがない。よく分からないが、きっと、病気や怪我で死ぬこともあるだろう。ただ単に寿命が長くなっただけである。

千代は、孤独な身の上である。かつては商家の飼い猫だったが、いつまで経っても年老いることのない千代は気味悪がられ、ある日、箱に乗せられ大川に捨てられてしまった。

「あたしのことを恨むんじゃないよ」

飼い主だったおかみさんの言葉が、いつまでも千代の耳に残った。

そのまま死んでしまえば楽だったが、箱は沈まなかった。少し流れたところで岸に着き、千代は生きながらえることになった。

長年、飼ってくれていた家に捨てられ、行き場のない千代は、本所深川の町を彷徨った。

そして、行き着いた先が、本所深川の外れにある猫又神社だった。猫又神社には、行き場のない猫や化け猫が何匹も暮らしていた。千代も猫又神社に棲みついた。

そのまま大人しく暮らしていれば、何の問題もなかっただろう。しかし、生まれたときから人の子と暮らしていた千代は、ときどき、人間が恋しくなる。毎日のように猫又神社を抜け出しては、町をうろうろと歩き回った。

人の世は、戦国時代もはるか昔のことで、万事金次第。富める者は貧しき者を叩き、弱い者はさらに弱い者を苛める世となっている。人を苛めることで、憂さを晴らすのだ。

見るからに野良猫である千代などは、格好の標的である。人の町に近づくたびに石を投げられ、棒で叩かれた。しかも、食うに食えない浪人たちは、腕試しと称して、鬱憤晴らしに犬猫を斬るのだった。

ある日、千代は五、六人の抜き身の刀をぶら下げた浪人たちに囲まれた。

逃げれば逃げられたが、千代はたった一匹で生きることに、うんざりしていた。

――ひと思いに死ぬのも悪くない。

千代はその場に座り込んだ。

猫又の身で成仏できるか分からないが、人の子を真似て「南無阿弥陀仏」と声に出さずに経を唱えてみた。これで楽になれる。そんな気もした。

錆《さび》の浮いた白刃が振り下ろされるそのとき、男の声が聞こえた。

「人殺しだッ。誰か来てくれッ」

天を劈《つんざ》くような大声だった。

いくら無頼を気取った浪人たちでも、大声で人殺し呼ばわりされてはたまらない。もともと、たいして度胸のない連中だったのだろう。男の大声を聞きつけ何事かと集まって来た町人たちの目を逃れるように、浪人たちは走り去って行った。

これが千代と吉三郎の出会いであった。

6

寂しい者同士が身体を寄せ合うように、千代と吉三郎はともに暮らし始めた。不思議なことに、吉三郎の目には千代の姿が若く美しい娘に見えるらしい。

「もう少しで、浪人たちに斬られるところだったね」

と、真面目な顔で千代を慰めてくれた。

人恋しかったこともあって、千代はやさしい吉三郎を好きになった。

騙しているような気がして、良心とやらがちくりと痛んだが、自分が若い娘ではなく人語を操る猫又であることは、吉三郎に伝えなかった。いくらやさしい吉三郎でも、猫又なんぞとは一緒に暮らしてくれないと思ったのだ。

傍目《はため》には、気のいい大工とその飼い猫にしか見えないはずだが、千代と吉三郎は夫婦として暮らした。

腕は悪くないが、気弱なところのある吉三郎の稼ぎは少なかった。その日暮らしとはよく言ったもので、三食、食える日は珍しく、日によっては丸一日食えないこともあった。

猫又である千代は、一日二日食わなくとも何ということはないが、吉三郎は稼ぎのない我が身が情けないのか、涙をぼろぼろ流しては、千代に頭を下げるのだった。

「すまないね、千代。あたしの稼ぎがないばかりに、ひもじい思いをさせて。ごめんね、ごめんね」

千代にしてみれば、一日二日のひもじさより、愛しい男に泣かれる方がずっと辛い。吉三郎の泣き顔を見るたびに、胸が痛くなった。

金持ちになれないまでも、せめて吉三郎の身が立つようにしてやりたいが、人外の猫又の身では助けてやる方法も思い浮かばず、結局、猫又神社で頭《こうべ》を垂れるくらいしかできなかった。

神も仏もない世の中というけれど、妖かしの願いを聞いてくれる神はいない。猫又神社も、ただの居場所にすぎなかった。

あるとき、泣きながら必死に願をかける千代に、見知らぬ一匹の赤い猫が声をかけて来た。

――何をそんなに泣いているのさ？

時おり、身体から紅蓮の炎を放つ赤猫こそが緋桜《ひざくら》だった。

独りぼっちの寂しさ、そして化け猫仲間の気安さもあって、千代は一部始終を洗いざらい赤猫の緋桜に話した。

猫又となって捨てられたこと、人の男と恋仲となったこと、惚れた男の身が立つようにしてやりたいこと……。涙と同じ数だけ泣き言が口から溢《あふ》れ出た。

人の子に放火道具にされた苦労人の緋桜は、千代の話を、うんうんとうなずきながら聞いてくれた。

千代の話を聞き終えると、やさしい口振りで緋桜は言った。

――あたしにいい考えがあるんだけど聞くかい？

他に縋るもののない千代は、こくりとうなずいた。緋桜の言うことは何もかも正しいように見えた。

この日から、千代は緋桜とともに夜の本所深川を歩き回るようになったのだった。

其ノ五　石川五右衛門、江戸を駆けるの巻

1

石川五右衛門は、江戸の夜を疾風のように駆けていた。頬を撫でる乾いた風が、昔のことを思い出させる。

石川や浜の真砂は尽くるとも
世に盗人の種は尽きまじ

石川五右衛門は辞世の句が江戸の世に伝わるほどの、天下の大泥棒であった。

生前の五右衛門が活躍していたのは、安土桃山――〝太閤〟と呼ばれた豊臣秀吉の時代のことである。

万事に派手好きな秀吉の時代のこと、金銀財宝を抱える町人たちは大勢いた。言ってしまえば、どこにでも金銀が溢れ返っていた。

そこらの町人から盗めば、捕まる危険も少なく、楽に暮らせることは分かり切っていた。だが五右衛門は大泥棒としての誇りから、あえて茨《いばら》の道を選んだ。

太閤秀吉の持ちもの――金瓢簞《きんびょうたん》の馬印を盗もうとしたのであった。

五右衛門は犯行を予告する木札を辻に立てた。

烈火のごとく怒り狂うかに思えた秀吉は、五右衛門の立てた木札を歯牙《しが》にもかけず、城内で酒を飲みながら、うそぶいたという。

「盗人風情に遅れを取る秀吉ではないわ」

これが太閤と呼ばれる男の慢心からの言葉であれば、五右衛門にも付け入る隙《すき》はあったのだろう。

しかし、天下を取った男の手配りは、五右衛門の想像する以上の苛烈《かれつ》さであった。合戦と変わらぬ支度で五右衛門に相対したのである。

さらに、秀吉は子飼いの忍びを放ち、五右衛門の妻子を手中に収めていた。

こうなってしまっては、天下の五右衛門といえども、おとなしく秀吉の縄につく以外に方法はない。

もちろん、五右衛門が出頭したところで、秀吉は盗人の罪を許してくれるほど甘い男ではない。しかも、縁坐《えんざ》――すなわち、妻子にまで五右衛門の罪は及び、哀れ、五右衛門とともに、何の罪もない妻子までが釜《かま》ゆでで処刑されることとなったのであった。

「すまぬ」

京都三条河原で、五右衛門は妻子に頭を下げることしかできなかった。

今さらではあるが、秀吉なんぞを狙ったがために、妻子まで巻き添えにしてしまったのだ。自分の愚かさがたまらなく嫌になる。

いくら謝ったところで、すべては手遅れだった。

煮え滾《たぎ》る釜の中で妻が死んでいった。人が死ぬくらいだから、釜の中は耐え難いほどに熱い。

釜の中の五右衛門は、両手で我が子を頭上高く上げ、できるかぎり息子の死を先延ばしにした。

処刑風景を見ていた秀吉が、五右衛門の息子に話しかけてきた。

「泥棒の子に生まれることほどの不幸はないのう」

秀吉の声は面白がっていた。言い返すことができなかったのは、釜の熱さばかりが理由ではない。秀吉の言葉が五右衛門の胸に突き刺さったのだ。

これから死に行く五右衛門の息子に、秀吉は言葉を続ける。

「生まれ変わっても、盗人の子にだけはなるでないぞ」

これが、生前の五右衛門が耳にした最期《さいご》の言葉だった。

2

――この世に心残りのある者は成仏できず、幽霊となり現世を彷徨う。

妻子を守ることのできなかった五右衛門は、二百年もの間、極楽にも地獄にも行くことができずにいる。

釜ゆでに遭《あ》ったためなのか、幽霊になった五右衛門は、ある日を境に、事前に火事を察知できるようになった。

正しくは察知ではなく、天啓である。空から火事を予告する千社札が降って来るのだ。もちろん、百発百中ではないし、火事の起こりそうな場所を細かく特定することもできない。

息子を救えなかった償いというわけではなかろうが、火事で失われるかもしれぬ子供たちの命を五右衛門は助けてやりたかった。

しかし、五右衛門は幽霊である。たいていの人の子には、姿は見えず声も聞こえない。

どんなに五右衛門が声を尽くして、火事を伝えようとも、人の子たちは誰一人として聞いてはくれなかった。

普通の幽霊であれば諦《あきら》めるところだが、五右衛門はただの幽霊ではない。大泥棒・石川五右衛門である。

「幼子を盗むしかあるまい」

五右衛門の決断は早く、行動はさらに早かった。

火事を察知すると、五右衛門は幼子たちを次々と盗み出した。くるりと風呂敷に包み、担いで走り去るのだ。

しかし、ろくに子育てをしていなかった五右衛門は、子供というやつを分かっていなかった。大人とて何の説明もなく、見知らぬところに連れて来られれば不安になる。それが頑是《がんぜ》ない幼子なのだ。五右衛門がどんなに理を尽くして話そうと、泣くばかりで話を聞こうとしない。やはり、幽霊の言葉は伝わらぬらしい。

泣く子も黙るなんとやらと言うが、五右衛門は泣く子を宥《なだ》めることができなかった。どうしていいのかさえ分からない。

相手が大人であれば、殴ってでも黙らせるところだが、幼子相手ではさすがの五右衛門も、お手上げである。

途方に暮れかけたとき、五右衛門は窓の外の物音に気づいた。何やら、人ではないものの話し声が聞こえる。

見れば、三匹の動物の幽霊が五右衛門の隠れ家の前を歩いて行く。

「早く伸吉師匠が、しっかりしてくれないと困りますにゃ」

「みゃあ」

「カァー」

江戸の町で、よく見かける猫の幽霊とカラスである。

——あの子は猫とカラスが好きだったな。

五右衛門は、釜ゆでから救えなかった我が子のことを思い出した。猫やカラスを見つけると、飽きることなく、我が子は眺めていた。

そのとき、五右衛門の脳裏にひらめくものがあった。

気づいたときには、猫とカラスを盗んでいた。猫の幽霊は二匹は必要ない。残念な方を残し、かわいいチビ猫の方だけを盗んだ。

残念な面相の猫幽霊が騒いでいる。

「チビ猫骸骨と八咫丸が消えましたにゃッ」

五右衛門の盗んだ二匹は、それぞれ、チビ猫骸骨と八咫丸という名らしい。

頭のよし悪《あ》しは、顔に出るものと相場が決まっている。

ぎゃあぎゃあと騒ぐばかりの残念な面相の猫幽霊と違い、五右衛門の盗んで来た二匹は落ち着いていた。

さすがに驚いたらしく、首を傾げているものの、騒ぎ立てる素振りなど見せない。

世の中、話しても無駄な相手には拳骨《げんこつ》を使うしかないが、頭のよい相手には理を尽くして話せばいい。

「すまぬが、拙者を助けてくれぬか、各々」

五右衛門は頭を下げ、包み隠さず何もかもを話した上で、チビ猫骸骨と八咫丸に助けを求めた。

思慮深い顔で二匹はうなずくと、何やら決心したように鳴いた。

「みゃあ」

「カァー」

それから、泣き喚く幼子たちの前に行こうとした。何の見返りもなく、五右衛門を助けてくれるつもりらしい。

「ご両人、待たれ」

芝居がかった仕草で、五右衛門はチビ猫骸骨と八咫丸を呼び止めた。

きょとんとした顔で、二匹が五右衛門を見た。

「みゃ？」

「カァー？」

自らの手で細工した目隠し手ぬぐいをチビ猫骸骨と八咫丸に渡しながら、五右衛門は言った。

「今日より、おぬしらは拙者の大切な仲間で候。石川五右衛門の仲間ならば、おぬしらも怪盗であろう」

「みゃ？」

「カァー？」

五右衛門の言葉が難しかったのか、二匹のチビ幽霊は首を傾げている。そんな仕草も愛らしい。

五右衛門は教えてやる。

「盗人たるもの、顔を晒すのは御法度《ごはっと》で候」

五右衛門が歌舞伎役者のような化粧をしているのも、素顔を世間の目から隠すためである。

「みゃあ」

「カァー」

二匹のチビ幽霊は五右衛門の言葉に納得したらしく、お互いを見ながらうなずき合っている。やはり頭のいい動物幽霊らしい。どうやら、八咫丸は幽霊ではなく妖怪の類で、人の子にも見えるようだが、妖怪と幽霊の区別がつかぬ五右衛門は深く気にしなかった。

その一方で、いまだに愚かな残念幽霊が外で騒いでいた。

「チビ猫骸骨と八咫丸がいなくなりましたにゃッ。大変ですにゃッ」

3

動物のチビ幽霊とはいえ、仲間にしたからには秘密は禁物である。殊に泥棒稼業というやつは、大昔から、些細《ささい》な疑心暗鬼で躓《つまず》くものと相場が決まっている。

生前にも、何度も仲間割れをしている五右衛門は、洗い浚《ざら》い、二匹のチビ幽霊にこれまでの人生を話して聞かせた。

二匹のチビ幽霊は同情深くできているらしく、目を潤ませながら五右衛門の話を聞いてくれた。

「みゃあ」

「カァー」

と、やさしい言葉で五右衛門のことを慰めてくれる。

しかし実は、二匹のチビ幽霊にも、一つだけ秘密にしていることがあった。

*

満月のきれいな夜のことである。

二匹のチビ幽霊に後を任せ、五右衛門は隠れ家から出て行った。

このところ、五右衛門は三日と間を置かず、毎晩のように大川沿いにある一軒の材木問屋に足を運んでいた。

見渡すかぎり材木問屋が並んでいる。本所深川に町場が広がったのは、明暦の大火、すなわち振袖火事のころのことだったと言われている。

言うまでもないが、人々の暮らしは木と紙でできている。家を造るにも道具を作るにも材木は必要である。

一方、質のいい材木は簡単に手に入らず、西から運ばれてくることもあった。それなりに重く、大きな材木を運ぶには水路——すなわち、船を利用することになる。

結果的に、川沿いに材木問屋が並ぶことになる。

暮らしに必須な上に、値も安くない材木を扱う材木問屋は儲かる仕事である。江戸を代表する大商人・淀《よど》屋も、元々は、材木で財をなしたくらいなのだ。

そのかわり、材木というやつは火に弱く、いったん火がつくと激しく燃え上がり、小火を大火事にしかねない。

かつては、日本橋や京橋にも材木問屋が軒を連ねていたが、江戸府中が火の海になることを恐れ、本所深川に移転して来たのだった。

「よほど火に縁があるので候」

一軒の材木問屋を前にして、五右衛門は独り言のように呟いた。

神とやらのいたずらなのか、材木問屋の看板には〝石川屋〟と書かれている。

毎日のように通い詰めている五右衛門であるが、材木問屋・石川屋のお宝を狙っているわけではない。

五右衛門が気にしていたのは、お宝ではなく、石川屋の一人息子であった。

――六助《ろくすけ》。

そろそろ六つになる石川屋の一人息子の名である。

そして、同時にかつて五右衛門の息子として、釜ゆでの憂き目に遭った子供の名でもある。

輪廻《りんね》転生――。

生まれ変わり――。

どう呼ぶべきか分からぬが、二百年もの歳月を経て、明和《めいわ》の世に五右衛門の息子は、再び生を享《う》けたのだ。

五右衛門が六助を見つけたきっかけは、大泥棒の性《さが》によるものだった。

幽霊の身となり、金銀お宝を盗むことはなくなっていたが、習慣というやつは死んでも治らないもので、五右衛門は商家を見ると忍び込みたくなるのであった。

石川屋に忍び込み、天井裏から、すやすやと眠る子供の姿を見たとき、全身が震えた。

他人の子として生まれ変わろうが、我が子であることはすぐに分かった。

前世の因縁が何とやら。

六助はろくでもない親の下に生まれ、江戸の世でも生き地獄を味わっているのではなかろうかと、五右衛門は思った。我が子を思う親の気持ちとやらであろう。それ以来、石川屋を常に気にしていたのだ。

現世での六助の親は地味な商人だった。大商人にはほど遠いが、至って堅い商売をしている。

——退屈な連中だ。

嫉妬も手伝い、五右衛門は六助の親に、最初よい感情を持たなかった。

江戸の世の六助の親は遊ぶことなく、朝から晩まで骨身を削って働き、ようやく暮らしを立てているような連中なのだ。

天下の大泥棒として、かつて派手な暮らしを送っていた五右衛門が、庶民の暮らしを見て詰まらなく思うのは当然の話であろう。五右衛門は石川屋の夫婦を侮った。地味な夫婦の下に輪廻した六助の不運を嘆いた。

しかし、その侮りは長く続かなかった。

石川屋の夫婦が仕事を終え、家に帰って来るたびに、六助のうれしそうな声が家の外にまで響くのだ。

「おとっつぁん、おっかさん」

六助の声は五右衛門の胸を抉《えぐ》った。

思い返すまでもなく、五右衛門は我が子に、一度だって「おとっつぁん」と呼ばれたことがなかった。六助の笑い声を聞いたおぼえもない。

石川屋の夫婦を侮る気持ちが急速に萎《しぼ》んだ五右衛門の目前で、六助は現世の親から二束三文の安菓子をもらい、はしゃぎ回っている。

——あんな下らぬ菓子で。

無理やり、石川屋の夫婦を馬鹿にしようとしたが、なぜだか胸が痛むばかりで上手く行かなかった。

六助が不幸であれば、大泥棒・石川五右衛門の名にかけて、かつての我が子を盗み取るつもりだった。

だが、六助は、五右衛門の息子として暮らしていたときよりも、幸せそうに笑っていた。

五右衛門の出る幕など、どこにもなかった。

この日、五右衛門は六助に別れを告げに来たのである。話しかけられるわけではないが、最後に六助の顔を見て、息子のことを忘れるつもりだった。

——六助には、よい親がいる。

「出番のない役者は消えるだけで候」

声に出して呟いてみるが、五右衛門の足はひどく重かった。

いつもなら、あっという間に着くはずの石川屋への道のりがやけに遠く感じられる。実際、五右衛門は我が子との別れを少しでも遅らせたくて、遠回りをしていた。

石川屋へ向かう道すがら、どこからともなく千社札が五右衛門の手のひらに、

ひらり——

——と、落ちて来た。

五右衛門は予《あらかじ》め火事を察知できるが、その予言は千社札となってどこからともな

く降って来るのだった。

——また火事か。

六助のこともあってか、五右衛門は疲れを感じていた。それでも、降って来てしまったものは仕方がない。

五右衛門はため息混じりに、千社札に目を落とした。

墨汁黒々たる文字で、千社札には、とんでもないことが書かれていた。

〈石川屋が燃える〉

六助の危機であった。

五右衛門は石川屋へ走った。

4

猫又神社に千代が帰ると、緋桜が今にも死にそうなほどに疲れ切った顔で、ごろりと横になっていた。

火付けの道具とされ、幽霊という浅ましい身の上となった緋桜は、死んでもなお人間たちに苦しめられている。

病気には医者。

魔物には坊主。

緋桜を見るたびに人の子どもは寺の坊主を頼り、祓《はら》おうとする。ろくに法力のない坊主がほとんどだが、塵も積もれば山となる。緋桜は少しずつ弱っていた。

——もう町には出ない方がいいわ。

千代は緋桜に言った。

猫又神社に人は滅多にやって来ないし、万一、来たとしても荒れ果てた神社のことで身を隠す場所はいくらでもある。

わざわざ、人の住む町に行って、目の仇《かたき》にされる必要は少しもない。浄化されつつある緋桜の姿に心を痛め、千代は同じ言葉を何度も繰り返した。

しかし、緋桜は千代の言うことを聞いてくれない。

——また火事が起こるよ。

譫言《うわごと》のように呟くと、夜の本所深川へ出て行こうとする。

なおも止めようとする千代に、緋桜は言った。

――あんたのいい人が、火付けとして仕置きされてもいいのかい？

やさしい笑みを浮かべている吉三郎の姿が思い浮かんだ。

緋桜の言うことは、大げさではない。吉三郎は仕置きをされても文句を言えぬことをやっていた。

――火事はあたしが止めるから安心おし。

緋桜が掠《かす》れる声で、千代を慰めてくれた。身体を張って緋桜は火事を消すつもりでいるらしい。

これ以上、緋桜を止めることはできない。

どうして、こうなってしまったんだろう？

同じ言葉ばかりが、千代の脳裏を駆け巡る。

5

人の子たちは赤猫を火付け妖怪のように言うけれど、緋桜は人を殺《あや》めるような猫ではなかった。

火付け道具として焼き殺された猫を〝赤猫〟と呼ぶ。確かに、人の世を恨み、火を付けて回る赤猫もいる。

しかし、緋桜は人の世を恨んでいなかった。

天和二年、西暦でいうところの一六八二年の話である。

当時、緋桜は八百屋の娘――十五になったばかりのお七《しち》に飼われていた。

それなりに流行《はや》っている八百屋のことで、両親は仕事にかかりきりで、一人娘のお七は緋桜に寄り添うように育っていた。

子のない緋桜も、猫の身ながら、お七を我が子のように思っていた。食うに困らぬ暮らしの中、穏やかに時が流れていた。

忘れたころに天災はやって来るというが、人災は忘れる暇もなくやって来る。そのころ、江戸の町は休む暇もなく火事に襲われていた。

緋桜とお七の身に火事が牙《きば》を剝《む》いたのは、寒風の吹き荒《すさ》む真冬のことだった。

間もなく一年が終わろうという十二月のある日、緋桜とお七の住む八百屋が火事になり、焼け出された。

火事に慣れている八百屋一家は、町内で予め決められていた通り、駒込の正仙寺へと避難した。

あろうことか、お七の父母はすぐに商売を再開させた。まだ店も再建されていないというのに、付き合いのある江戸近くの百姓に頭を下げ、野菜の棒手《ぼてう》売りを始めたのだ。

家を失おうと家族が死のうと、因果なことに、人は食わなければ生きて行けぬようにできている。殊に、火事で食い物屋が焼け、人々は食うに困っていた。焼土と化した江戸の町で、お七の父母の商売は当たりに当たった。

商人であるお七の父母は有頂天となり、寝食を忘れて野菜を売り歩いたが、お七は放っておかれた。

大火で帰る家を失い、父母にも構ってもらえないお七は、十五だというのに、しくしくと泣いて暮らした。緋桜なりに必死に慰めたつもりだが、しょせんは畜生の身の上、お七の寂しさを拭《ぬぐ》うことはできなかった。

平安の昔から、若い娘の寂しさを癒《いや》すのは、色男の役どころと相場が決まっている。

お七の気鬱が晴れたのも、色恋の力だった。

生田《いくた》庄之介《しょうのすけ》。

正仙寺の寺小姓である。

二人の間に何があったのか、猫の身である緋桜には分からぬことだが、いつの間にか、お七の心は庄之介に奪われていた。

お七なり庄之介なりが世慣れた遊び人であれば、どこにでもある浮かれた話の一つで終わったのだろうが、二人とも融通の利かない生真面目な若者であった。

思い詰めたら命懸け――。

二人は夫婦になろうとした。

「お七ちゃんと一緒にさせてください」

庄之介は八百屋夫婦に頭を下げたが、願いは叶わなかった。

商売第一の八百屋夫婦が、寺小姓を一人娘の結婚相手として許すはずもなく、二人は生木を裂くように別れさせられた。家を建て直し、寺を後にすると、会うことすら許されなくなった。

仏に仕える身ということもあって、庄之介は泣く泣く身を引いたが、一本気で純情なお七は庄之介を忘れることができない。

しかし、お七の両親は寺小姓と恋仲になった娘を見張っており、自分の部屋からさえ抜け出すことも難しかった。

——一目でもいいから、庄之介に会いたい。

一心に願えば神に通じるというが、神が聞いてくれるまで、お七は待つことができなかった。

恋する若い娘が考えることは、いつだって滑稽《こっけい》で、それでいて残酷にできている。

庄之介と自分のこと以外は、お七の目には入らなくなっていた。

火事が起これば、再び、正仙寺に避難し、庄之介と会うことができる。ならば、火事を起こそうと思い詰めたのだった。

小火を起こすだけなら、小娘にすぎないお七にもできるが、寺に避難するほどの火事を起こすことは難しい。江戸では町内で助け合う習慣があるので、正仙寺に避難するためには町一帯を焼土とする必要があった。

6

ときどき、お七が緋桜のことを、今までと違う目つきで見るようになった。

庄之介と会えない寂しさを癒すため、緋桜に救いを求めたのだと思ったが、お七の考えていることはまるで違った。

ある日、お七は緋桜に硬い口調で言った。

「わたしのために死んでくれない？」

この言葉を口にするまで、お七なりに悩んだのだろう。緋桜を見つめる目には、涙が溜《た》まっていた。

捨てられ、飢え死にしかけていたところを拾われた緋桜である。拾って温かい寝床を用意してくれたお七が死ねというなら、いつでも死ぬ覚悟はある。

しかし、なぜ死ななければならぬのか分からなかった。緋桜のことが邪魔になったのなら、大川にでも投げ捨てればいいことで、わざわざ言う必要もなければ、泣く必要はない。

緋桜の戸惑いが伝わったのか、お七は言葉を続ける。

「庄之介様に会いたいの……」

無理やりに引き裂かれた寺小姓の名を口にしただけで、お七の頬は赤く染まり、ぽろりと涙が零れた。

「また火事になれば会えると思うの」

お七の言葉が正しいのか、人の世の成り立ちを知らぬ緋桜には知るよしもない。しかも、火事と緋桜が死ぬことに、何の関係があるのか。

「わたしの代わりに、火を付けて欲しいの」

人の子相手に話すように、お七は緋桜に言った。

そうは言われても、化け猫でもあるまいし、ただの猫風情の緋桜に火など付けられるはずがない。

——恋に狂って、悪い夢でも見たのではなかろうか。

緋桜は正気を疑った。

しかし、悪い夢を見ることになるのは、緋桜の方だった。お七は思い詰めたような口振りで言った。

「これから緋桜《あなた》に油をかけて火を付けるから、隣のお店に飛び込んで火事にして欲しいの」

——赤猫。

世間知らずの緋桜も、お七が何をしようとしているのか分かった。

お七の家の隣は材木問屋である。火が付けば、あっという間に大火になろう。それこそ町が塵灰と化すに違いない。

焼け死ぬことを望む生き物などどこにもいない。緋桜だって、そんな苦しい死に方なんぞしたくはない。

逃げようと思えば、逃げ出すこともできた。だが、なぜだか緋桜の身体はぴくりとも動かなかった。

——お七のために死ぬのも悪くない。

緋桜の心のどこかで、そんな声が聞こえた。

「緋桜、お願い」

お七は言った。

7

緋桜が焼け死に、お七の住む本郷追分《おいわけ》一帯が塵灰と化した後、当初の目論見通り、お七は正仙寺へと避難することになった。

しかし、行ってみると、正仙寺に庄之介の姿はなかった。

聞けば、お七との仲を引き裂かれた後、庄之介は近くの百姓娘と手に手を取って、駆け落ちよろしく姿をくらましてしまったというのだ。

——男心と秋の空。

若い男の愛しているという言葉を信じたお七が馬鹿なのだろう。

「そんな……」

お七はそう呟くのがやっとだった。

さらに不幸は続く。

今回の大火がお七の仕業《しわざ》と評判になり、役人に捕らえられてしまったのだ。お七は奉行所へ引き出された。

時の奉行は年若い娘に情けをかけようとしたが、お七自身が何もかも洗いざらい自白してしまった。自白がある以上、奉行は裁かなければならない。

火付けは重罪で、科される刑罰は死罪である。苦虫を嚙み潰したような顔をしながら、時の奉行は死罪を宣告した。

お七は十六の若い身空で、鈴ヶ森の刑場の露と消えた。

幸いなことに、お七は成仏したようだが、赤猫とされた緋桜はこの世に妖怪の類として残った。

火付けの道具とされたことを恨まなかったといえば嘘になる。我が子のように思っていたお七に火を付けられたときには、猫の身ながら、悲しみのあまり胸が張り裂けそうになった。

しかし、緋桜が成仏できなかった理由《わけ》は他にある。

——悪いことをしても、ちっとも幸せにはなれないわ。

口癖のように、緋桜は千代に言った。

世間知らずだった緋桜は、赤猫となり、お七の恋に助力したつもりであったが、蓋を開けてみれば、お七を罪人にしてしまっただけである。

――わたしのせいだ。

化け猫となり、多少なりとも人の世とやらを知った緋桜は自分を責めた。

あのとき、赤猫にならず逃げ出していれば、お七は罪人となることもなく、幸せなおかみさんとして生涯を送ったに違いない。緋桜が成仏できないのは、そんな思いが残っているからであろう。

緋桜が猫又神社で寝起きしているのは、自分と同じ過ちを犯す猫を一匹でも少なくするためである。

本所深川の外れにある猫又神社がいつ、誰の手で作られたのかは分かっていない。打ち捨てられた神社を、勝手に〝猫又神社〟と呼んでいるだけのようにも思える。

〝猫の神様〟と呼ばれる猫又神社には、江戸中から幽霊、生身を問わず猫が願かけに集まってくるが、猫たちの願いは人の子のことばかりである。

江戸の町では、数え切れないほど猫を飼う人々がいる。裕福な者もいれば貧しい者もいるが、人の子たちは猫に心を許しやすくできている。

水心あれば魚心。

猫たちも人の子に心を許す。

そんな人の子の悩みを聞いているうちに、猫自身の力でどうにかして、飼い主の願いを叶えてやろうと思うのだ。

猫又神社で知り合った千代もそんな一匹だった。それも猫の身で、人の子である吉三郎に惚れている。吉三郎のためなら命を捨てかねない。

しょせん、化け物は化け物。ましてや、人と猫の恋など実るわけがない。

そう分かっていながらも、千代は吉三郎と添い遂げようとした。天の助けか悪魔のいたずらか、吉三郎の目には、術を使わなくても、千代の姿が美しい娘に見えるという。

人の世で添い遂げるためには、銭がなければならない。

しかも、人の心は脆《もろ》い。つい罪に手を染めて、自分の欲を叶えようとする。

無理を通せば道理が引っ込む。

いつからか、吉三郎は悪事に手を染めていた。焼け太りを狙って、町に火を付け始めたのだ。

――あのままじゃあ、あの人が死んじまいます。

ぽろりぽろりと千代は涙を零す。

吉三郎はもともと気の弱い善良な男である。火を付けるたびに魂は削られ、死神に魅入《みい》られたように痩せていった。

――わたしさえいなくなれば、火付けをやめると思ったんです。

千代は言った。ある日、行き先も告げず、千代は吉三郎の前から姿を消した。

しかし、千代の家出は裏目に出た。

女、それも化け猫の千代は知らぬことだが、稼ぎのない男は自分に自信のないものである。

金がないから、女に逃げられたとでも思ったのだろう。吉三郎はこれまで以上に火を付けるようになった。一銭でも多く稼げば、千代が戻って来ると吉三郎は信じているのだ。

――人の子って、馬鹿だねえ。

緋桜の脳裏に、刑場の露と消えた娘の顔が思い浮かんだ。お七のことを思い出すたび、血も涙もない化け物となったはずの緋桜の胸もちくりちくりと痛んだ。

いっそう愚かなことに、人の子たちは吉三郎が火付けに手を染めていることに気づいていない。

たまたま小火で済んでいると人の子たちは言っているが、木と紙でできている町で、そんなたまたまなどあろうはずがない。

小火で済んでいるのは、建物に詳しい人間——例えば、大工が火付けをしているからである。

殊に、生気を失い、半分幽霊のようになって以来、吉三郎の姿は朧《おぼろ》げとなっている。幽霊に近づいたということは、それだけ人から離れてしまったということである。木戸番を始め、人の子たちが吉三郎の姿を見落としても無理はない。

しかし、吉三郎は例の寺子屋の「こんにゃく師匠」と接触しているのだ。

伸吉とやらは何一つ気づいていない。それどころか、自分の周囲にばかり、幽霊が出る理由も分かっていないようだ。

半分、諦めてはいるものの、緋桜だって成仏したい。救われたい。

蜘蛛の糸にも縋るように、緋桜は伸吉の動向を気にしていた。化け猫の類だけあって、こっそり様子を窺《うかが》うことはお手のものである。

——駄目な男ね。

緋桜はため息をつく。

救ってやらなければならない娘の幽霊に惚れてしまい、娘の幽霊が伸吉の前から姿を消したときも、情けない顔で大騒ぎをしているだけであった。

——あれでみんなを救えるのかしらねえ？

緋桜は首を傾げる。

伸吉のことは置いておくとして、問題は吉三郎である。

最初は人を傷つけぬように気をつけて火を付けていたが、千代を失い自棄《やけ》になったのか、このころではすっかり雑になっている、人死にを出すのも時間の問題のように思える。

——大火事になる前に、何とかしないといけないわ。

大火になって人死にが出れば、お上の詮議も厳しくなる。吉三郎の命を救いたければ、人死にを出さないことが第一であった。

赤猫である緋桜は、事前に火事を察知できる。

初めは千代と二匹で吉三郎の火付けを消して回っていたが、相手が火だけに油断ができず、猫の化け物にすぎない緋桜にしても防ぎ切る自信がなかった。

そこで、緋桜は一計を案じ、石川五右衛門に千社札で、これから起きる火事を伝えることにした。

しかし、すべては綱渡りである。いつ大火となってもおかしくない。

悪いことに、頼みの綱の緋桜自身の身体が弱り始め、火事を察知する能力が落ちつつあった。火事を察知するのが遅れれば、それだけ対応が遅れる。踏み続けた薄氷が、いっそう薄くなった。

そんな中、本所深川にある材木問屋に火が付けられた。言うまでもなく、吉三郎のしわざである。

五右衛門の隠れ家に行ってみると、五右衛門の姿はなく、代わりにカラスと猫幽霊がいた。

——火事が起こるわ。

二匹に伝え、緋桜は五右衛門をさがしに町へ飛び出した。

五右衛門を見つけ、ようやく千社札を渡せたものの、間に合うのか分からぬほど、火事を察知してから時がすぎている。

しかも、火付け犯にされ、人の子たちの恨みを背負い、緋桜は息も絶え絶えであった。いつ、この世から消えることになってもおかしくない。
それでも、緋桜は火事の現場へ向かった。
すでに大火になりそうな気配のある石川屋へと――。

其ノ六　伸吉、覚醒するの巻

1

夜回りに行く時刻の少し前、伸吉が寺子屋で小風と茶を飲んでいると、八咫丸とチビ猫骸骨が飛び込んで来た。

相変わらず、手ぬぐいを目の周りに巻いている。伸吉の目には、遊んでいるようにしか見えない。幽霊相手に言うことではないが、見たところ元気そうだということもあって、思わず口振りが軽くなった。

「二人とも、どこに行っていたんだい？」

二匹のチビ幽霊は返事をしてくれない。

やたらと慌てているように見える。

「みャッ、みャッ、みャッ」

「カ、カァーッ」

ただでさえ何を言っているのか分からない二匹のチビ幽霊であるが、これではいっそう訳が分からない。

「落ち着いたらどうだ」

小風が二匹のチビ幽霊に言った。

しかし、二匹のチビ幽霊は落ち着くどころか、焦《じ》れたように小風の巫女衣装を引っ張るばかりである。

「む？　来いというのか？」

こくりこくりと二匹のチビ幽霊はうなずく。

ほんの一瞬だけ小風は面倒くさそうな顔をしたが、八咫丸の真剣なまなざしを見て、ため息をつくと立ち上がった。

「馬鹿師匠、おぬしも来い」

小風は言った。

2

——遅かった。

緋桜の口から、ため息が零れ落ちた。

——そんな……。

緋桜の隣で、千代が途方に暮れている。

やはり察知するのが遅かった。二匹の目の前で、材木問屋の石川屋が炎に包まれている。

小火であれば、踏みつけて消すこともできるが、ここまで燃え上がってしまっては化け猫風情にどうにかできるものではない。

——何とかしないと……。

千代は呟いたものの、青ざめた顔のままぴくりとも動かない。

赤猫である緋桜はともかく、千代は火に怯えていた。

——誰も死ななければ、そんなに重い罪にならないわ。

もはや慌てたところで、手に負える状況ではない。緋桜は千代相手に気休めを口にした。

ここまでの大火事になっておきながら、重い罪にならないのかと言えば疑問も残るが、確かに人死にさえ出なければ、ほんの少しだけ吉三郎も救われる気がする。火事に怯える材木問屋にはよくあることだが、石川屋の周囲は更地で延焼の恐れはない。大風でも吹かないかぎり、町が焼け野原となることはあるまい。そんなふうに、緋桜は自分に言い聞かせる。

――みんな、きっと逃げたわよ。

慰めるように緋桜は千代に言った。

ただの気休めと言われれば返す言葉もないが、死後の話にかぎるなら、人を殺したことのある者は多くの場合成仏できない。死んでもなお、人を殺したという罪悪感に苛まれるのだ。

石川屋夫婦と思しき男と女が、火消したちの手で運び出された。気を失っているようだが、見たところ命にかかわることはないように思える。

――生きているわ。

緋桜の言葉に、千代が息をつく。

しかし、事件は終わっていなかった。

祈るような眼差《まなざ》しで、千代は燃え盛る材木問屋を見ていたが、不意に顔色を変え、声を上げた。

——中に誰かいるわ。


いくら火が燃えていても真夜中、しかも、もうもうと煙が立ち込めていては、人の目は塞《ふさ》がれたも同然である。

しかし、緋桜も千代も闇を棲み家とする妖かし——。昼間のように辺りを見ることができる。目を凝らすと、五つくらいの男の子の顔が覗いている。煙で喉《のど》を痛めたのか、大声を上げることができないらしい。

近所の町人たちは延焼を防ごうと必死で、取り残された男の子に気づいていない。石川屋夫婦が気を失っている以上、この火事の中で男の子に気づく人の子はいないだろう。誰もが自分のことだけで、手いっぱいである。

千代は妖かしではあったが、身体は小さな猫のものにすぎない。

仮に、火に包まれた材木問屋に飛び込み、男の子のいるところに辿り着けたとしても、背に乗せることもできず、助け出すことは不可能である。

千代は火事の石川屋に飛び込んで行った。

――何を考えているのよ。

緋桜は言った。

猫又であろうと身体が灰になれば、この世から消えてしまう。千代だって、そんなことくらいは承知しているだろう。自分の身体を顧みる余裕もないほどに、吉三郎のことが心配であるに違いない。

――本当に仕方のない娘《こ》ね。

緋桜は呟くと、よろけながらも、迷いのない足取りで千代の後を追いかけた。

3

火の海となった石川屋の中を千代は駆けて行く。

実のところ、千代は火が怖く、必要以上に駆け足になっていた。火の粉が飛び、千代の身体を焦がす。

——来なければよかった。

そんな思いがないといえば嘘になる。化け猫だって、自分の身がかわいい。火事なんぞで焼け死にたくはない。

しかし、吉三郎のことを考えると、いても立ってもいられないのだ。

熱気に背中を押されながら、材木問屋の二階へ続く階段を駆け上がると、隅の部屋から小さく咳き込む子供の声が聞こえた。

後先を考えずに、千代は隅の部屋に飛び込んだ。

千代も自分の無力さを忘れていた。

若い娘の姿になってみたものの、しょせんは非力な猫のことで、子供を持ち上げることさえできない。

子供が千代の姿を見て、掠れた声で言う。

「猫……ちゃん……、助け……て」

千代が何もできないうちに、いっそう煙に巻かれ、子供は気を失ってしまった。

もはや子供の命は風前の灯《ともしび》である。

おろおろしている間も火勢が強くなっていく。

いつの間にか、千代自身にも火の手は迫っていた。子供を放って、このまま逃げ出せば千代一匹くらいは助かるだろうが、それでは助けに飛び込んで来た意味がないし、吉三郎を救うことにもならない。

千代が途方に暮れていると、赤い猫が部屋に入って来た。緋桜だ。

よほど弱っているのか、緋桜の肢《あし》は縺《もつ》れている。今にも、この世から消えてしまいそうであった。

それでも、いつもの口振りで緋桜は言う。

——早く逃げないと、焼けちゃうわよ。

——だって……。

颯爽と火の海に飛び込んだときの姿はどこへやら。千代の口からは、情けない声しか出なかった。緋桜はやれやれという風情で苦笑いをすると、気を失っている子供を見ながら千代に言う。

——二人で運べば、何とかなるかもしれないわね。

五歳児であればさほど重くはない。本当に運び出せるか分からないが、やってみる価値はある。そもそも他に方法などないのだ。

——手伝ってちょうだい。

もうもうと立ち込める煙の中、緋桜は子供の近くへと歩み寄って行く。頼りになる緋桜の出現に、ほんの少しだけ千代の気が軽くなる。緋桜に任せておけば、何もかも上手く行くように思えた。

金魚の糞よろしく後を追いかけようとしたとき、突然、緋桜の身体から、

ぶわり——

——と、禍々《まがまが》しい紅蓮の炎が上がった。

——え？

千代の知っている緋桜とは違う、別の何かがいる。いつもはやさしい緋桜の目が吊り上がっている。

きょとんとしている千代を目がけて、緋桜が突進して来た。

――ちょっと……。

言葉をかける暇もなく、緋桜の身体がぶち当たり、千代の身体が部屋の壁まで吹き飛んだ。

壁に打ちつけられる千代を見て、緋桜が愉快そうに笑った。

――本当にあなたは馬鹿ね。

猫又のくせに純真で、他人を疑うことを知らない千代には黙っていたが、焼き殺された痛みが疼《うず》く夜には、耐えられないほどの人への恨みに襲われる。

吉三郎の火付けを防ぐ振りをしながら、何度となく、緋桜自身が火を付けかけたことがあった。

――人の子など焼け死んでしまえばいい。

千代のいないときに、そっと呟いてみたりもする。焼け死んで行く人の子たちを想像するだけで、気分がよくなるのだ。

時とともに、極悪非道な赤猫となりそうな自分があった。

一人の少女の言葉とともに赤猫になったときの思い出が緋桜の脳裏を駆け巡った。

焼き殺されて笑っていられる者など、どこにもいない。

〝人なんて恨んでも、仕方ありません〟

卯女はそう言っていた。

＊

卯女と名乗る少女と出会ったのは、赤猫となった緋桜が、人への恨みから夜の本所深川で火付けをしようとしているときのことである。

ちなみに、このとき、お七の死から長い歳月が流れている。人と妖かしの時の流れは違っていて、お七が処刑されてから何年経ったのか分からぬが、緋桜の知る人たちは、みんなあの世とやらへ逝《い》っていた。

人の子——しかも、九つやそこらの少女に声をかけられるおぼえなど、緋桜にはなかった。

——面倒な。焼き殺してやろう。

舌打ちすると、緋桜は全身から炎を燃え立たせた。大人でさえ腰を抜かしそうな業火である。

しかし、怯えるどころか、少女は、

にやり――――

――――と、笑った。

見れば、緋桜の放っている炎より赤い、紅蓮の口紅を塗っている。吉原あたりの遊女に似合いそうなほど艶《あで》やかな口紅だった。

紅《あか》い唇が皮肉に動く。

「人も猫も、女は馬鹿なのですね」

少女のくせに本当のことを言う。とても、年端のいかぬ小娘の言うことではない。

これ以上、卯女を見ていることはできなかった。ぞくりと背中に冷たい何かを感じながらも、緋桜は卯女に向けて炎を放った。

炎は渦を巻き、おどろおどろしく燃えながら、卯女の身体へと飛んで行く。触れたとたんに、人の子など灰になってしまうはずの炎である。

卯女は逃げる素振りも見せず、右手首に巻きつけてあった赤い紐を、しゅるり――――

――と、解いた。

「三途の紐」

卯女の唇が作りもののように動いた。

そして、鞭のように赤い紐を火の玉目がけて走らせる。

音もなく――。

緋桜の放った火の玉が砕け散った。卯女は汗一つかいていない。

――妖力が違いすぎる。

緋桜は赤い紐で身体を打ち砕かれる覚悟をした。人の子にしてみれば、緋桜など退治すべき化け物にすぎないのだ。

卯女は赤い紐を手首に戻すと、両手でおかしな印を結んだ。

それから、ゆっくりとした口振りで真言を唱え始めた。

オン・カカカ・ビサンマエイ・ソワカ

卯女の結んでいる印から、眩いばかりの光が四方八方へ散った。あまりの眩《まぶ》しさに緋桜の目が眩《くら》む。

何も見えない虚空の中で困り果てている緋桜の耳に、穏やかな声が聞こえて来た。

「目を開けてごらんなさい」

眩んでいたはずの目の前に、如意宝珠《にょいほうじゅ》と錫杖《しゃくじょう》を持った菩薩《ぼさつ》が現れた。

猫の身でも、この菩薩の名は知っている。

地蔵菩薩。

地獄を始め、六道を輪廻する魂に安らぎをもたらすと言われ、墓地の入口付近に六地蔵――すなわち、六体の地蔵菩薩が立てられることが多い。地蔵菩薩は地獄の罪人に救いの手を差し伸べると信じられており、民衆の間でも強い信仰を集めていた。

緋桜は重いため息をつく。

緋桜の知るかぎり、地蔵菩薩が救うのは、人の子だけ。猫、それも化け猫である自分は退治されるのだろう。

緋桜は地蔵菩薩に言った。

——覚悟はできているわ。

町に火を付ける化け物として現世を彷徨うよりは、地蔵菩薩の手で滅せられた方がいい。

緋桜は刑場の露と消えたお七のことを思い出した。滅せられた後に、この身がどうなるのか分からないが、もしかすると、お七に会えるかもしれない。

しかし、地蔵菩薩は動こうとしない。

それどころか、ため息が聞こえ、あっという間に、地蔵から年端もいかぬ小娘の姿に戻った。

卯女は緋桜に言った。

「わたしも老いたようです。あなたを救う力は残っておりません」

九つかそこらの少女の言う台詞ではない。

緋桜が口を挟む暇もなく、卯女の姿が、

ぐにゃり――――

――と、変化した。

黒髪は霜を頂き、艶やかだったはずの肌に皺が寄った。

気の強そうな目と、毒々しいまでに紅い唇はそのままだったが、緋桜の目の前に立っているのは、六十を越えた老婆である。

「ごめんなさい、緋桜」

老婆の声で卯女は言う。

「あなたを救うのは、うちの孫の役割になりそうです」

緋桜の耳に、〝伸吉〟という名が残った。

しかし、いつまで待っても、伸吉とやらは現れなかった。

＊

石川屋に残された人の子を救おうと火の海の中を歩きかけたとき、緋桜の背中の毛が逆立った。
千代の頭上にある天井が、今にも燃え落ちようとしていたのである。
千代は煙に巻かれた子供に気を取られており、天井を見ようともしない。
――間に合わない。
残り少ない妖力を解放し、緋桜は紅蓮の炎を身にまとう赤猫となった。
そして、力いっぱい千代のことを突き飛ばした。
千代の身体は紙くずのように壁際に吹き飛んだ。
何が起こったのか分からず、きょとんとしている千代に言ってやる。
――本当にあなたは馬鹿ね。
次の瞬間、緋桜の頭上の天井が焼け落ちた。

4

呆然《ぼうぜん》としている暇はなかった。緋桜が身を挺して千代を救ってくれたが、状況は少しもよくなっていない。

次々と天井は焼け崩れ、この建物もいつまでもつか分からない。

子供は床に倒れ、ぐったりとしている。迫り来る火の手の中で生きているのかさえ千代には分からなかった。

火の粉が、ぱちぱちと爆ぜている。降りかかる火の粉を避けながら、千代は子供のそばに駆け寄った。

口もとに耳を近づけると、かすかに子供の呼吸が聞こえる。

——まだ生きてる。

ほっと息をつくが、非力な千代には気を失っている子供を救うすべがない。せめて、目をさましてくれればと、子供の顔を舐めてみるが、気を失っている子供はぴくりとも動かない。

何もかも諦めかけた千代の耳に、愛しい男の声が聞こえて来た。

「千代、どこにいるんだい?」

紛れもない吉三郎の声だった。

火付けは現場に戻るというが、吉三郎も火を付けた後、どこぞから燃え盛る石川屋を見ていたのだろう。石川屋に駆け込む千代の姿を見て、火の海と化した材木問屋に飛び込んで来たに違いない。

吉三郎の声を聞いて、千代の顔が、くしゃりと歪《ゆが》んだ。

火を付けたのは吉三郎なのだから、緋桜が天井の下敷きになったのも、千代が火の海に沈もうとしているのも、吉三郎の責任である。

しかし、吉三郎を恨むことなんてできなかった。

火の手が迫る中、愛しい男の声を聞けて幸せだと思った。

――あなたは本当に馬鹿ね。

緋桜の最期の言葉が蘇る。

――うん、自分でも馬鹿だと思う。

吉三郎が部屋に飛び込んで来た。もはや生きているとは信じられないほどに痩せ細っている。

千代を抱き抱えるようにして、吉三郎は言った。

「早く逃げよう」

そのとき、千代と吉三郎の頭上の天井が焼け落ちた。

大八車に家財道具を積んで、町人たちが我先にと逃げて行く。

空飛ぶ唐傘に乗って、材木問屋に着いたときには、現場の周囲に人影はなかった。火消しの姿さえもない。

「見捨てられたな」

小風が独り言のように呟いた。

火消しの本来の役割は、実は風下の建物を壊して延焼を防ぐことである。火そのものを消すのは至難の業だからである。

だから、今回の石川屋のように、隣に家屋がなく、延焼の危険が少ない場合には燃え落ちるに任せることもあった。

「火消しも命がけだからな」

燃えてしまった材木問屋には気の毒だが、放置されても文句は言えまい。不幸中の幸い。一軒だけの被害で済んでよかったとも言える。

「おぬしらは寺子屋に帰っておれ」

小風は気遣うように、八咫丸とチビ猫骸骨に言った。万一、大火になったときに、二匹を火事に巻き込みたくないのだろう。

八咫丸もチビ猫骸骨も小風の言うことはよく聞く。

「カァー」

「みゃ」

と、素直に寺子屋へ帰って行った。

そんな中、突然、男の叫び声が伸吉の耳を打った。

「六助――ッ」

見れば、石川五右衛門の幽霊が、水をざぶりと被《かぶ》り、炎に包まれた材木問屋へと飛び込んで行く。

「釜ゆでといい、よほど熱いのが好きと見えるな」

舌打ちしながらも、小風が五右衛門の後を追いかける。

唐傘で風雨を起こせばよさそうなものだが、ただでさえ焼け崩れそうな建物に余計な衝撃を与えたくないのだろう。

自分ごときが追いかけても役に立たないと思いながらも、いても立ってもいられず、伸吉は火の海へと飛び込んだ。

5

燃え盛る炎が、じりじりと五右衛門の身体を焦がしていた。

――熱いで候。

当たり前のことを思いながら、五右衛門は火の海と化した石川屋を走って行く。

現世を彷徨う以上、幽霊もこの世とやらの理《ことわり》に従わなければならない。現世では、万物は火に触れれば燃えるようにできている。

かつて釜ゆでになった五右衛門だけに、熱い火が怖くなかったといえば嘘になる。

しかし、六助を救えないことの方が、ずっと怖い。

前世とやらの六助は恋も知らず、ろくに人生を楽しまぬまま五右衛門のせいで幼い命を散らせている。

――死んではいかんで候。

好きな女と夫婦になり、子を持ち温かな家庭を築く――。六助には人並みの幸せを味わって欲しかった。

火の粉に身を焦がしながら、五右衛門は六助の待っている部屋に走り込んだ。炎と煙から逃れるためだろう。六助は窓際の壁にくっつくように、身体を丸めていた。すぐ近くに、猫と人の子がいるが、五右衛門の目には六助しか映らなかった。

「六助ッ、こっちに来るで候ッ」

五右衛門は叫び声を上げるが、しょせん幽霊の身のことで、六助には届かない。

「くっ」

五右衛門は舌打ちすると、六助の横たわる窓際へと足を踏み出した。

我が息子が生きるか死ぬかの場面だというのに、五右衛門の胸は高鳴り始めた。火の海から助けるためとはいえ、六助に触れることができるのだ。

六助を背負い、火の海を駆け抜けるおのれの姿が、五右衛門の脳裏に思い浮かんだ。

――これで思い残すことはないで候。

手を伸ばせば、六助の身体に触れることができる――。

「六助……」

五右衛門の口から我が子の名が零れたとき、不吉な音とともに炎に包まれた天井が焼け落ちた。

6

あまりの恐ろしさで感覚が麻痺しているのか、熱さに負けることなく、仲吉は火事場を易々《やすやす》と駆け抜けることができた。仲吉のすぐ前を、巫女衣装を靡かせて、小風が駆けて行く。

いつもであれば、腰を抜かしているところだが、仲吉は小風から目を離したくなかった。

——また、どこかへ行っちまったら困るからね。

火事よりも、小風がいなくなってしまうことの方が怖かった。

そんなことを考えつつ、小風を追って二階の隅の部屋に入ると、五右衛門が焼け落ちた天井を両手で支えている。

五右衛門の足もとには、吉三郎と千代、それにぐったりと気を失っている子供の姿があった。

「早く逃げぬか」

じりじりと身を焦がしながら、五右衛門が吉三郎と千代に言う。

腰が抜けたのか、子供を持て余しているのか、動こうとしない。非力な千代と、死に損ないの吉三郎のことだから、子供を運べないのかもしれない。

いくら幽霊といっても、万能ではない。

焼け落ちた天井など、いつまでも支えていられるわけがあるまい。

しかも、水を被ろうと、この大火事の中である。とうの昔に水は乾き、五右衛門の髪や着物に火が移り始めている。

「馬鹿者が。身を滅ぼすつもりか」

小風は舌打ちすると、

ぱらり――――

――――と、唐傘を開いた。

火の海の中に、大輪の花を思わせる真紅の唐傘が映える。石川屋が崩れる危険を承知の上で、唐傘の妖力に頼るつもりらしい。

しかし、火と唐傘は相性が悪い。

唐傘は雨を防ぐため、油紙が貼ってある。ただでさえ、よく燃える油紙を火事場で広げてはたまったものではない。

火の粉が飛ぶたびに、小風の唐傘に焦げ跡がついていく。

すぐに火の粉を払わなければ、唐傘そのものが燃えてしまう。地獄を招喚するどころではない。

「ちッ」

小風は舌打ちする。

そうこうしている間にも、ぼろぼろと火のついた天井の破片が落ちてくる。小風もろとも炎に巻かれるのも時間の問題であろう。

伸吉は小風に言葉をかけた。

「早く逃げないと――」

だが、小風は首を振ると、伸吉に言葉を返した。

「おぬし、一人で逃げるのだ。わたしは連中を助ける」

五右衛門の近くへ歩み寄った小風だったが、あっという間に燃え盛る火の海に囲まれてしまった。

「小風ッ」

仲吉の悲鳴に、小風は笑ってみせた。

「大丈夫だ。火など平気だ。仲吉、さっさと逃げぬか」

鈍い仲吉でも、小風が強がりを言っていることは分かった。炎の中で、娘の幽霊の姿が煤《すす》けて見える。

仲吉の脳裏に、炎に焼かれ灰と化す娘の幽霊の姿が思い浮かんだ。

助けを求めようと、周囲を見回すが、燃え盛る屋敷の中のことで、幽霊どころか人影ひとつ見当たらない。

――救えるのはおまえしかいないんだよ、仲吉。

死んでしまった卯女の声が聞こえたような気がした。小風を救えるのは自分しかいない。仲吉の脳裏で何かが、ぱちんと弾《はじ》けた。

気づいたときには、仲吉の口から真言が飛び出していた。

オン・カカカ・ビサンマエイ・ソワカ

仲吉の懐から〝百鬼夜行の書〟が飛び出した。

仲吉の真言を吸い込むように、〝百鬼夜行の書〟は光を放ち、黄金色《こがねいろ》に輝く六地蔵が姿を見せた。

六地蔵は声を揃えて言う。

――ようやく覚醒したか、卯女の孫

何が起こっているのか分からないが、今は気にしている場合ではない。一刻も早く火を消さなければ、小風が燃えてしまう。

仲吉は六地蔵に声をかけた。

「火事を消しておくれ」

――容易《たやす》い望みだ

六地蔵は言うと、全身から青白い光を放った。仲吉の目には、青白い光が冷たい炎のように見える。

冷たい炎が、石川屋に広がる炎を飲み込んでいく。

瞬《まばた》きする間もなく、火事は消えた。

同時に五右衛門の身体が崩れ落ちる。

そして、倒れたのは五右衛門だけではなかった。床の上には、糸の切れた操り人形のように突っ伏している吉三郎がいた。

「無理をしたようだな」

小風が呟く。

五右衛門も吉三郎も、ぴくりとも動かない。なぜか、もう二度と目を開くことはないように、伸吉には思えた。

小風が六地蔵に言う。

「成仏させてやってくれぬか？」

六地蔵は小さくうなずくと、娘の幽霊に言葉を返す。

——泥棒と火付けか……。まあ、いいだろう
六地蔵は宙に浮かぶと、くるりくるりと小さな円を描きながら、五右衛門の倒れている辺りへ向かった。

次の刹那《せつな》、五右衛門と吉三郎の身体が、

ふわり――――と、浮かんだ。

二人の身体を中心に、六地蔵が円を描く。

オン・カカカ・ビサンマエイ・ソワカ
オン・カカカ・ビサンマエイ・ソワカ
オン・カカカ……

再三、どこからともなく地蔵菩薩の真言が響き渡り、気づいたときには五右衛門と吉三郎の身体が消えていた。

「いったい……?」

今さらながら、伸吉が目を丸くしていると、六地蔵が〝百鬼夜行の書〟に吸い込まれるように消えていった。

崩れかけた天井の下には、六助と千代だけが取り残されていた。

終 仲吉、墓参りに行くの巻

仲吉の寺子屋から大川へ向かって四半刻ばかり歩いたところに、卯女が眠る墓地がある。

夕暮れ時分のこと、仲吉はたった一人で卯女の墓前にいた。ろくに掃除もしていないのに、卯女の墓はやたらと綺麗だった。

「訳が分からないよ」

仲吉は独り言のように、卯女の墓石に話しかけた。

火事の石川屋で、身におぼえのない真言が口から飛び出したことも、〝百鬼夜行の書〟から六地蔵が現れたことも、仲吉には信じられなかった。

そもそも幽霊が近寄って来ること自体が不思議なのだ。

卯女が幽霊をいじめてきたがために、その血を引き継ぐ伸吉が迷惑を被《こうむ》っていると思っていたが、卯女に関係のない小風やしぐれたちまでなぜ寄ってくるのか。

「いったい、あたしに何をさせるつもりさ？」

祖母の墓へ伸吉は問いかける。

すると、面妖なことに、墓石が喋った。

「お銭《あし》を稼げばいいと思いますわ」

鈍い伸吉でも、誰の声だかすぐに分かった。耳をすますまでもなく、ちゃりんちゃりん――と小銭を数える音が聞こえる。

考え事に夢中で気づかなかったが、いつの間にやら、どっぷりとお天道様は沈み、幽霊たちの跋扈する時刻となっていた。

伸吉は墓石の陰に隠れているであろう娘の幽霊に、言葉を投げかける。

「あのねえ、しぐれ」

ひゅうどろどろ――

――と、生暖かい風が吹いた。

墓石の陰から、守銭奴の幼女の幽霊がちょこんと顔を出す。

「〝うらめしや〟に依頼された事件は解決しましたわ」

一件落着と言えなくもないが、しぐれは何もしていないように思える。

「ちゃんと看板も戻ってきましたわ」

火事騒動が一段落し、寺子屋の前を見てみると、何事もなかったかのように〝うらめしや〟の看板が戻っていたというのだ。

「よかったね」

他に言いようもない。

しぐれは明るい声で仲吉に言う。

「早く寺子屋へ帰りますわよ」

見れば、猫骸骨とチビ猫骸骨の姿もある。チビ猫骸骨は、もう手ぬぐいで顔を隠していない。

「仲吉お兄様、夜の寺子屋の時間ですわ」

「お勉強を教えてくださいにゃ」

「みゃ」

しぐれと二匹の猫骸骨は、伸吉の腕を引っ張って連れて行こうとする。寺子屋では、化け物たちが伸吉の帰りを待っているのだ。

「分かったよ」

ため息をついて、伸吉は寺子屋に向かって歩き始めた。

卯女の墓石に隠れるように、達者な女文字で〝緋桜〟と書かれた小さな墓があることに、伸吉は気づかなかった。

「また来ますにゃ」

小さな墓石に向かって、猫骸骨が独り言のように呟いた。

この作品は書き下ろしです。

妖怪泥棒《ようかいどろぼう》

唐傘小風《からかさこかぜ》の幽霊事件帖《ゆうれいじけんちょう》

高橋由太《たかはしゆた》

平成24年6月15日　初版発行

発行人――石原正康
編集人――永島賞二
発行所――株式会社幻冬舎
〒151-0051東京都渋谷区千駄ヶ谷4-9-7
電話　03(5411)6222(営業)
　　　03(5411)6211(編集)
振替00120-8-767643
印刷・製本―図書印刷株式会社
装丁者――高橋雅之

幻冬舎時代小説文庫

ISBN978-4-344-41876-9　C0193　た-47-3